為什麼，每次都要逃走？
在地下城尋求邂逅是否搞錯了什麼 外傳
劍姬神聖譚 3
大森藤ノ
Fujino Omori
插畫
はいむらきよたか
Kiyotaka Haimura
角色原案
ヤスダスズヒト
Suzuhito Yasuda
Copyright ©Kiyotaka Haimura

CONTENTS

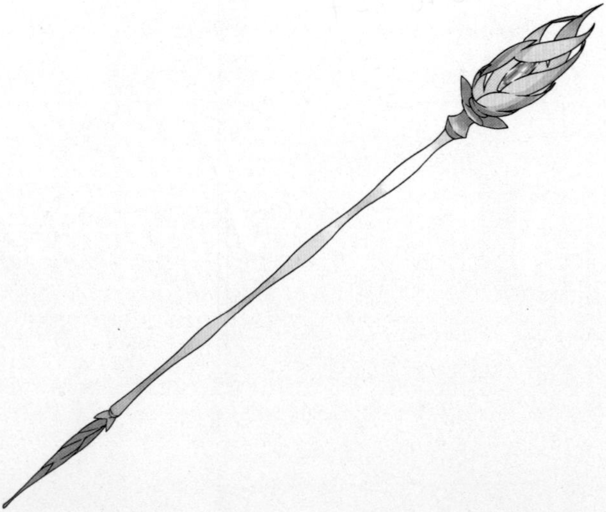

在地下城尋求邂逅是否搞錯了什麼 外傳
劍姬神聖譚 3

大森藤ノ

青文文庫

插畫　はいむらきよたか
角色原案　**ヤスダスズヒト**

序章
凶兆

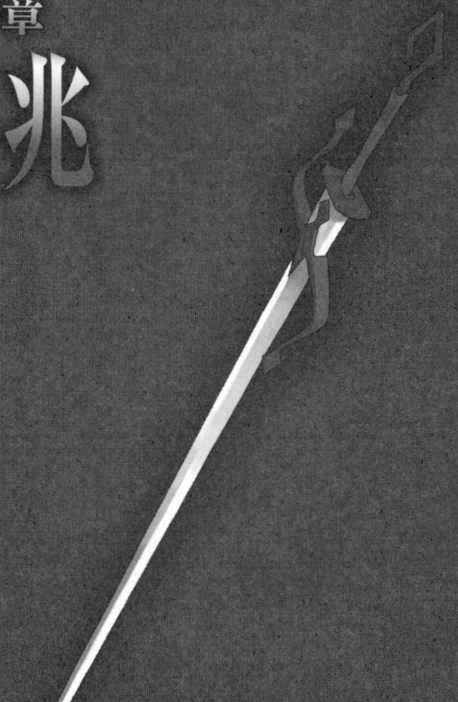

Гэта казка іншага сям'і

благое прадвесце

數不清的叫聲轟然響起。

男人們的粗野怒吼互相交纏，接著是女人的尖銳慘叫。鐵靴（sabaton）與長靴形成的無數跫音雜亂交錯，而在這陣聲音之後，還有層層重疊的怪獸咆哮窮追不捨。

這裡是彷彿誤入巨大樹木內部的迷宮。牆壁與天頂上斷續附著的苔蘚發出藍色或綠色光芒，照亮內部的景象有如夢幻祕境。在這寬廣通道縱橫交叉的大樹地下城當中，一大群冒險者用不符合美麗風景的慌亂腳步跑過通道。

一眼就看得出來是高品質，經過長久使用的裝備品——武器與防具證明了他們高級冒險者的身分。彷彿描述著他們的驍勇善戰，各種武器沾滿了怪獸的鮮血，仍然保持著刀刃的鋒利，沒有減損一點光輝。穿在身上的防具也是一樣。

這些在都市中受到眾多初級冒險者羨慕崇拜的高手們，此時卻急於逃命。

讓他們與她們選擇轉身逃跑的對手，是一大群讓人想遮起眼睛，數也數不清的怪獸大軍。

「哪來那麼多的怪獸啊!?」

「少說廢話，快跑就是了!!」

怪獸的大遊行幾乎淹沒了整條通道。

不同【眷族】的好幾支小隊同時遭受波及，被迫生死與共，選擇撤退。雖然不時響起幾陣金鐵相擊或射箭的聲響，但都被聲勢浩大的怪獸行軍淹沒了。少數幾個拚命與怪獸交戰，試圖力挽狂瀾的人，也都一個接一個轉身逃跑。

前進路線上新出現的冒險者小隊也強制遭受波及，慘叫數量直線上升。

「是哪個笨蛋把這群怪獸拉來的嗎!?」

致命黃蜂(deadly hornet)、蜥蜴人(lizardman)、劍角鹿(sword stag)、黑暗毒菇(dark fungus)。回頭看看整個樓層五花八門的怪獸緊追不捨的景象，一名冒險者破口大罵，認為可能是「怪物奉送(pass parade)」——某人將怪獸的爛攤子塞給了他們。因為敵人的數量實在太多，實在不像是自然發生的規模。

異形集團有如狂濤巨浪般席捲而來。

「最近這個樓層太不對勁了吧……!?與怪獸的遭遇次數實在太多了!」

這裡是「中層」當中屬於深部區域的地下城第24層。

就連習慣鑽進目前這個樓層的小隊冒險者都忍不住發出哀嚎，但就在這時，周圍的岔路又出現了一群新的怪獸，與全世界最嚴酷的遊行(parade)會合。凶暴的吼叫咬著冒險者們的耳朵不放，轉眼間尖叫聲全重疊在一塊。

同伴被幹掉了!誰來救救我!該死的東西!

背對被怪獸集團吞沒、慘遭獠牙利爪撕裂的同行的慘叫，冒險者們拔腿狂奔。為了擺脫不斷逼近的怪物大軍，所有人都不顧一切，只是不停擺動雙腿。

「這到底是什麼狀況!?」

冒險者們一邊大聲嚷嚷，一邊衝向通往上層的階梯。

「——第24層出現了大量怪獸!!快想想辦法!!」

碰!

握緊的拳頭用力捶在櫃檯上。

籠罩著朦朧月夜的地面，都市的西北部。在人潮散去的公會本部服務窗口，一名人類冒險者露出了凶神惡煞般的臉孔。

迴盪深夜門廳的怒吼聲，嚇得與他面對面的服務小姐蜜西亞·弗洛特肩膀重重跳了一下。

「一般的高級冒險者解決不了這個問題啦!災害狀況一直在擴大!!」

「對、對不起～!我們會火速請人處理的～」

對方咄咄逼人的態度，逼得蜜西亞招架不住。

已經是深夜時段了，寬廣的門廳只剩下今天值夜班的她，其他職員都下班了。倒楣得聽冒險者申訴——抽到下下籤的蜜西亞，一副隨時可能哭出來的表情。

身穿公會制服，只有一百五十C(賽爾尺)的嬌小身軀，不斷鞠躬賠罪。

「已經有好幾個冒險者被幹掉了，包括我們的同伴在內!不要再給我說什麼冒險者委託(quest)，太慢了，發出強制任務(mission)!快點派出討伐隊!!」

「什、什麼～!?」

幾乎是用吼的提出要求的冒險者，把寫著詳細內容的羊皮紙摔在櫃檯上之後，掉頭就走。看著逐漸遠去的背影，「嗚～」蜜西亞全身無力地癱在櫃檯上。

好一陣子無法動彈的她，拿著對方提出申請的羊皮紙，繞到窗口後面的辦公室。

蜜西亞請另一位值班的服務小姐跟自己換班，走向自己的辦公桌。她把羊皮紙放在桌上後，暫時離開辦公桌去準備飲料。

「還真慘呢。」

「組長～」

正打算前往茶水間的蜜西亞，含著眼淚，抬眼看著從前面走來的上司。五官纖細的犬人男性像是要慰勞她，遞給她一只冒著熱氣的木製杯子。

「謝謝組長……嗚嗚，嚇死我了。」

「冒險者（他們）也是賭命工作的。當危險波及自身，自然不可能保持鎮定。」

兩手捧著杯子啜飲的蜜西亞縮起身子，但仍然輕輕點頭，對上司所言表示理解。

「我只有聽到你們的聲音，又是關於第24層的委託嗎？」

「是的，說是出現很多怪獸……組長知道些什麼嗎？」

「這幾天公會接到了幾份類似的委託，內容是關於第24層正規路線的怪獸數量大增……不過因為才沒過幾天，所以高層似乎還沒看到報告。」

蜜西亞的上司解釋道，公會已接到過同類型的情報，主要來自從第18層的根據地（里維拉）多次進攻「下層」的高級冒險者。

他又說由於是最近才發生的事，因此公會尚未確定地下城發生了異常變化，也還沒重視這個問題。
在大部分辦公桌空著的辦公室裡，他扶了一下眼鏡。
「從剛才那位冒險者的樣子來看，現場情形似乎比我們掌握到的更嚴重，看來我們也得正視這個問題了。」
「您、您說的對，得趕快向高層(上級)提出報告書才行～」
蜜西亞小跑步回到辦公桌，打算把剛才那人塞給自己的羊皮紙上的情報，抄到報告用的另一張紙上。
「奇、奇怪？」
但就在這時，她發現那張委託書不見了。
「弗洛特，妳該不會是……弄丟了吧？」
「不、不可能啊!?」
上司站在一旁，一副對她無話可說的樣子，蜜西亞開始慌了。
她兩隻手從亂成一團的辦公桌上托起堆積如山的文件，看看有沒有在下面，找遍了每個角落，但就是找不到。她還趴在地上看看有沒有掉在桌子周圍，結果還是一樣。
桃紅色頭髮晃動著，一道汗水滑落她的臉龐。
「……這、這一定是『幽靈(ghost)』做的好事！不是我弄丟的！」
從地板上爬起來的蜜西亞，開始推卸責任，逃避上司的目光。

「妳在說什麼啊……」

「您沒聽說嗎，組長!?公會本部從很久以前就在鬧鬼了，會出現『幽靈』啊！」

蜜西亞突然逼近一臉懷疑的上司。

「聽說在本部做警衛的職員，已經有好幾個人都看到一個夜夜現身，從頭到腳罩著漆黑長袍的神祕人影！還說有人趕緊追上去一探究竟，但那人影卻在走道盡頭忽然消失了！」

蜜西亞用上她整個嬌小的身軀，比手畫腳，連珠炮似地講個不停。

她拚命把自己聽到的各項傳聞告訴上司。

「有此一說，認為可能是慘死在怪獸手裡的冒險者們化為亡靈，留在我們公會本部當中陰魂不散……！我的委託書一定也是那個『幽靈』拿走的……！」

做上司的冷眼看著她怪腔怪調、滔滔不絕地講「幽靈」的故事。

他沒把這些話當一回事，輕輕嘆了口氣。

「妳這種愛講八卦的個性，已經給同事（祖爾）造成很大困擾了。用盡任何辦法，也要給我把搞丟的委託書找出來。」

「組、組長～不是我弄丟的啊～!?」

蜜西亞還在找藉口，說自己的確把委託書拿到辦公桌來了。

她追著轉身離去的上司跑，哭哭啼啼地辯解。

當蜜西亞的哭叫從牆壁另一頭傳來時。

從無人的走廊前方，遠離辦公室的暗處之中，滑出了一個影子。

漆黑影子扭曲著，發出了聲音。

接著彷彿從空間中溶解而出，一個穿著黑色長袍的人影現身了。

「……」

以黑衣裹住全身的人物——費爾斯，俯視著手裡的羊皮紙。

那正是蜜西亞弄丟的委託書。不知是何時搶到手的，傳聞中的「幽靈」本人攤開紙張，把寫在上頭的文字讀過一遍。

「這該不會是……」

第24層，怪獸暴增……那人選出幾點寫在紙上的情報，發出分不清是男性還是女性的聲音。

連衣帽下一片沉默，彷彿正在沉思默想。

沒多久，費爾斯將羊皮紙收進長袍袖中。

「……得設法解決才行。」

伴隨著輕聲低喃，黑衣人再度消失在影子裡。

男神（烏拉諾斯）的心腹，不為人知地暗中行動。

此事發生在【劍姬】成功親手擊敗樓層主（烏代俄斯）的兩天後。

一章

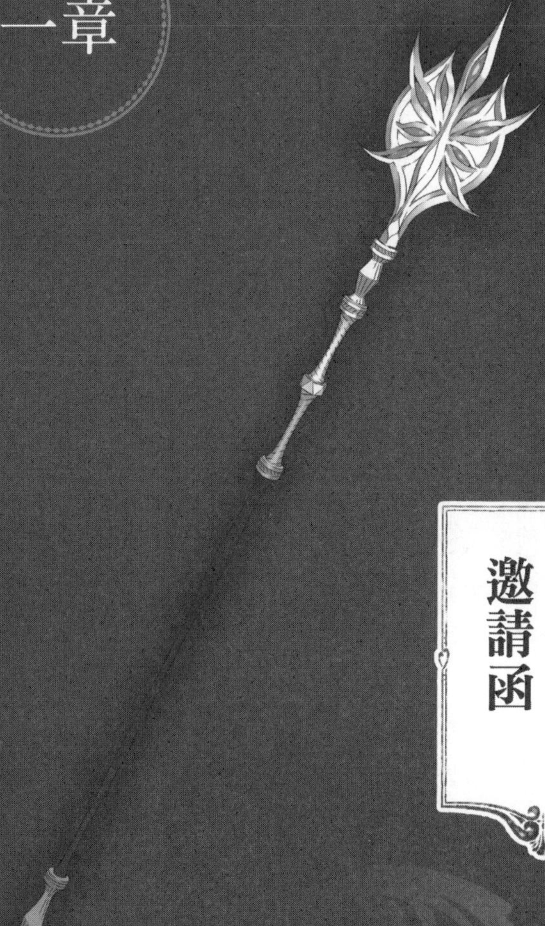

黑衣人的邀請函

Гэта казка іншага сям'і.

Запрашэнне ад Кокуй

「那麼，您是說成癮只是短期的症狀嗎？」

「是啊。應該有很多孩子喝不到神酒，也就恢復正常了吧？」

宅邸的一個房間裡，傳出了談話的聲音。

時間正值太陽消失在市牆後的傍晚時分。

窗外可看見天空殘留的微光，而在室內，半精靈的女性與女神（洛基）正在進行問答。

一名客人，被請進了【洛基眷族】總部——黃昏館。

場所是面對狹窄通道的會客室。室內點綴著橙色等暖色系色彩，擺放了多張圓桌、沙發及扶手椅。這間擺滿了古老音樂盒等骨董品的房間相當寬敞，經常被眷屬拿來當成談話室。

房間裡有四個人。

分別是艾絲、洛基、里維莉雅，以及半精靈女性訪客。

訪客好像是里維莉雅帶來的熟人，聽說是公會職員。她戴著眼鏡，一身筆挺的黑色套裝與西裝褲，就連艾絲看起來都覺得她是位聰明伶俐的女性，而且容貌端正秀麗，年紀應該比艾絲大一點點。她現在坐在蓬鬆舒適的沙發上。

她好像有事想問主神洛基，跟里維莉雅正在專心聽洛基講話。三個人圍著桌子，語氣嚴肅地交談。

——然而，與她們同席的艾絲，卻完全沒把她們的對話聽進去。

（又一次，錯失道歉的機會……）

在扶手椅上縮成一團的她，心情相當消沉。

她把半張臉埋進穿著純白家居服（連身裙）的雙膝裡，整個心情可說跌進了谷底。

悶悶不樂的艾絲，腦中浮現出昨夜的光景。

在第37層打倒樓層主（烏代俄斯）後，回程的路上，艾絲在地下城遇見了倒在路上的冒險者——她一直望著能再見一面的白兔。就是艾絲不注意讓彌諾陶洛斯跑了，從彌諾陶洛斯手中救了他一命，卻又在酒館傷害了他的心的，那個白髮少年。

艾絲保護昏倒的他不受怪獸襲擊，出乎意料地獲得了致歉的大好機會……結果卻是一敗塗地。少年一溜煙地逃走，殘酷的現實嚴重打擊了她。跟初次（彌諾陶洛斯）邂逅的時候完全一樣，噩夢再現。

——他看到我（艾絲）就跑！

——好不容易才再度相見的白兔，全速從我身邊逃走！

受到用悲傷不足以形容的打擊，艾絲沮喪到了極點。看到她垂頭喪氣地回到總部，其他團員不用說，就連蒂奧娜與蒂奧涅都嚇了一跳，不知如何是好，甚至沒能出聲叫她。

只有在發現少年之前與自己同行的里維莉雅問了艾絲發生了什麼事，所以她斷斷續續地說出了原因。

「……掉了。」

「什麼？」

「又、被他跑掉了……」

「……呵……」

見里維莉雅晃著肩膀偷笑一聲，艾絲伸出雙手，咚地一把將她推開。

看到艾絲漲紅了臉，鼓起雙頰，里維莉雅終於哈哈笑了出來，讓蕾菲亞等精靈大吃一驚。他們一定是從沒看過高貴的王族（high elf）忍俊不住發出笑聲的模樣，連艾絲也是第一次看到。

（都是里維莉雅不好……）

艾絲一個人偷偷哭喪著臉。

都要怪里維莉雅叫自己讓少年睡在大腿上，少年之所以會逃走，一定是那個害的。

兔子一定是醒來，發現自己躺在不認識的外人（艾絲）大腿上，才會那樣大驚失色，手足無措。

一定，一定是這樣的，全都要怪里維莉雅不好。在內心深處，幼小的艾絲揮動著雙手——淚水盈眶地——大聲哭喊。

抱著雙膝的艾絲選擇讓心智退化成幼兒，鬧起彆扭來。

（……他是不是，很怕我？）

搞不好真的是這樣……一產生這種想法，就停不下來了。艾絲重新面對拚命忽視的疑慮。

艾絲在一般民眾的心目中，是受到畏懼的【戰姬】，名聲響亮。也許他目睹自己一瞬間把彌諾陶洛斯大卸八塊，嚇到發抖也說不定。這讓艾絲想起自己好像噴了兔子一身的鮮血，弄得他全身血淋淋的。

負面思考停不下來，產生惡性循環。內心深處完成了一幅毛絨絨的可愛白兔從幼小艾絲身邊逃走的悲劇構圖。

——他很怕我（艾絲）!!

艾絲發出「嗚溜」一聲，變得像一朵枯萎的花朵。

「哎唷，艾絲。妳要沮喪到什麼時候啦。」

洛基站起來，對艾絲出聲說道。

她似乎跟客人談完了事情，走向在扶手椅上頹喪消沉的艾絲。看看似乎有點失去光輝的金色長髮，「真是嚴重。」洛基苦笑了。

「對了，我們來更新【能力值】吧？妳回來到現在都還沒弄嘛？好嗎？」

「……好。」

主神似乎看不下去了，做出提議，艾絲慢吞吞地點點頭。

懷抱著無法癒合的受傷心靈，艾絲乖乖聽從主神的建議。

「咈唏唏，好久沒蹂躪艾絲美眉的柔嫩肌膚了……！」

「妳敢動手動腳我就砍人了。」

「咦，真的假的？」

艾絲一邊幾乎是反射性地警告性好女色的主神——缺乏情緒起伏的反應真的嚇到了洛基——一邊離開了會客室。離去之際，她對里維莉雅她們稍微行了一禮，就讓洛基帶著自己到另一個房間去。

這是一個空房間，離會客室不算太遠。一些沒用到的桌子椅子，還有「遠征」剩下的備用武器、道具（item）都被塞在這個房間裡。洛基從變得跟倉庫一樣狹窄的室內拿出一把椅子來。

艾絲順著洛基的好意坐在椅子上，解開家居服（連身裙）背後的鈕扣，露出上半身。

「嗯——現在的艾絲美眉開不起玩笑，好可怕喔——說真的，到底發生了啥事？」

「……沒有……沒什、麼。」

洛基將神血（ichor）滴在暴露出來的雪白背上，開始進行作業。

艾絲目光有些游移，迴避了洛基的問題。她已經被里維莉雅笑得夠慘了，而且現在也沒那心情吐露心聲。

少年——貝爾那張滿臉通紅的表情重回她的腦海。他從脖子到耳朵，沒有一個地方不是紅的，簡直像患了不治之症一樣。也許他是對自己戒心太強……臉色才會變得那麼糟。

洛基在背上舞動的手指感覺彷彿事不關己，艾絲始終無法擺脫憂鬱的心情。

「……？」

忽然間，滑過背部的手指停了下來。

洛基突然停住了手，艾絲回頭一看，發現她開始簌簌發抖。

艾絲心想她是怎麼了，這時——女神霍然抬起頭來，大聲歡呼。

「艾絲美眉Ｌｖ．６來啦啊啊啊啊啊啊啊啊啊啊啊啊啊啊啊啊啊啊啊!!」

她任憑心之所趨，扯著喉嚨大叫。

主神響遍總部深處的喝采，為宅邸各處帶來了滿城風雨般的慌亂噪音。

面對著像小孩子一樣「呀呵——！」地叫，開心地蹦蹦跳跳的主神。

滿腦子都是少年的事情的艾絲，愣了一愣。

艾絲・華倫斯坦

Lv.5

力量：D555→564　耐久：D547→553　靈巧：A825→827　敏捷：A822→824　魔力：A899→S900

獵人：G　異常抗性：G　劍士：I→H

「這是Lv.5最後的【能力值】喔——！」

洛基將經過更新的【能力值】內容流暢改寫成通用語(Koine)，把羊皮紙輕快地交給艾絲。

每一項基本能力(ability)參數都有上升，其中尤其是「魔力」更是高出了其他項目一截。即將【升級】的冒險者，最終能力(status)大多都在C或D，最多不過B，可以說幾乎沒有人的能力最高評價能達到S，這的確值得驕傲。

艾絲漫不經心地看著寫在羊皮紙上的數值。

「還可以引發【升級】時的特別恩典『發展能力』喔！太好了呢，艾絲美眉，因為妳升上Lv．5的時候啥都沒獲得嘛！」

「……是什麼樣的能力？」

「『精神回復』！就是只有里維莉雅才有的那項能力！反正只能選一個，就引發這個吧!?」

洛基有些興奮地做確認，艾絲眨了幾下眼睛後，點了個頭。

艾絲的背部(能力值)顯示出可以昇華的跡象，從中心點產生出放射狀的斷續波紋。朱紅色的碑文——【神聖文字(hieroglyph)】——維持著一定間隔，深沉而靜謐地起浪、發光。

洛基迫不及待地，在維持待機狀態的【能力值】上滑動手指。

相對於興奮雀躍地為眷屬的升級(rank up)高興的主神(她)，艾絲臉上浮現跟不太上狀況的表情。

艾絲・華倫斯坦

Lv．6

力量：I0　耐久：I0　靈巧：I0　敏捷：I0　魔力：I0

獵人：G　異常抗性：G　劍士：H　精神回復：I

【能力值】昇華圓滿結束後，艾絲瞥了一眼放在房間牆角的穿衣鏡。不等洛基幫自己翻譯，艾絲先對著鏡子看了看自己的背部，解讀左右對調的【神聖文字】。

確實提升了位階的Lv.，反映了潛在值（extra point），經過重設（reset）的能力參數；最後是新引發的能力項目（ability）。

發展能力「精神回復」的效果是自動回復精神力（mind）。不用進行深度休息，一邊使用「魔法」的同時就能一邊回復少許的精神力。講得極端點，只要有足夠的時間，就再也用不到魔法靈藥（magic potion）了。對於精神力消耗量大的魔導士來說，得到這項「稀有能力」可是會喜極而泣的。除了里維莉雅之外，艾絲沒聽過有人學會這項能力。

引發能力的起因，應該是拜長年連續使用魔法（風靈疾走）所賜吧。

包括所有能力項目在內，艾絲長久累積的【經驗值】——持續不懈的努力開花結果了。

「什麼啊，妳一個人打倒了樓層主（烏代俄斯）啊，難怪會【升級】了。」

洛基似乎不知道艾絲達成了什麼「豐功偉業」。如果她還沒直接問過里維莉雅，那應該無從知道起，因為艾絲本人之前一直悶著不講話。

「妳真的很會讓人操心耶——」洛基用手指戳著艾絲彈嫩的臉頰，但也坦率地祝福她：「恭喜妳囉，艾絲。」

至於穿起衣服的艾絲，任誰來看都是一副心不在焉的樣子，「……嗯。」她點點頭。

「……好不容易才升級，怎麼悶悶不樂的呢？」

洛基微微偏著頭，被她這樣一說，艾絲也注意到了。

好不容易實現了【升級】的心願，心情卻沒受到多少打動。

追求更強大的力量，明明一直是自己的心願，明明一直期盼著這一刻到來。

只有這個當下，艾絲對力量的渴望減弱了。

只有這一瞬間，艾絲能夠忘懷對力量的執著。

為什麼呢？就在連她自己都覺得不可思議時……腦中一個角落，閃過全力奔跑的少年背影。

「嗚！」艾絲的內心一陣刺痛。

「……看來現在的艾絲，有比變強更在意的事情呢——」

洛基注視著她黯然神傷的側臉，有些喜悅地笑了。

艾絲抬起頭來，看了一眼衝著自己笑的主神，陷入沉思。

……或許的確不能否定。

自從與那個少年邂逅以來，艾絲覺得自己一有時間，好像都在想著他的事情。現在也是，自己又為了與少年的接觸而一下開心，一下憂傷。

自己是怎麼了呢？艾絲將手放在胸口上思索。

她的心中產生不同於困惑的單純疑問。

「——啊!?」

原本含笑注視著艾絲的洛基，肩膀突然開始發抖。

「難、難道是得了相思病!?艾絲美眉，妳有男人了!?」

「……？」

艾絲聽不太懂神色大變地逼問的洛基在說什麼，偏了偏頭。

無法理解洛基神意的她，將洛基的反應解讀為主神常犯的「老毛病」。性好女色的主神偶爾會說出些莫名其妙的話來。對於洛基發出的吵鬧聲，艾絲左耳進右耳出。

（接下來……該怎麼辦呢？）

總而言之，她覺得心情很沉重。

自己真的有那麼一天，能夠好好向少年道歉嗎？

背對著一個人不知道在激動什麼的洛基吵鬧的聲音。

艾絲再度想起白兔逃走的側臉，又一次陷入沮喪。

這天晚上艾絲達到Ｌｖ．６，到了第二天早上，【洛基眷族】總部上上下下，都在談她【升級】的話題。

身為派系幹部的孤傲少女達成的豐功偉業，讓眾多團員表示出畏懼與讚賞，被興奮染紅了臉頰。至於本人則是背負著凝重的空氣，就算找她講話也反應平平，沒多久就——搖搖晃晃地——離開了早晨的大餐廳，然而以女性團員為主的下級成員們在她離去之後，仍然興奮又激動。男性團員們也用火熱的語氣，你一言我一語地熱情稱讚艾絲。強悍而美麗的【劍姬】的存在，漸漸比以前更加成為了【洛基眷族】崇拜與驕傲的對象。

不過與艾絲親近的圈子當中，也有很多人顯得很不甘心。狼人青年老大不高興地撕咬著肉，一腳把興奮地找自己講話的男性團員(勞爾)踹飛；女戰士(亞馬遜)姊妹中的妹妹喊著「被搶先了——!!」，整個人散發出不甘心的氛圍，讓姊姊厭煩地說「吵死了」。在她們的身邊，做晚輩的精靈少女一雙蔚藍色的眼眸搖曳著，心中百感交集。

不理會一大早的就吵個不停的團員們。

派系的首腦陣容用過早餐後，在領袖的辦公室裡集合。

「艾絲也終於升上Ｌｖ．６了啊。」

「受到她的刺激，蒂奧娜他們應該也快了吧。……只希望他們別像艾絲那樣亂來就好。」

「哈哈，士氣高漲是件好事啊。」

矮人格瑞斯、精靈里維莉雅與小人族(帕魯姆)的芬恩依序交談。

芬恩的辦公室，位於好幾座尖塔聚集而成的總部正北方的塔裡。在擁有大書櫃與暖爐的室內，芬恩坐到自己的辦公桌後面，里維莉雅佇立於牆邊，格瑞斯坐在木製圓凳上。

「芬恩你們也不能再悠悠忽忽的了吧？小心老資格的面子不保喔～」

除了他們之外，還有一個人。

不懷好意地存心取笑的女神，以朱紅眼眸環顧他們三人。

對於坐在芬恩那張黑檀木辦公桌上的主神，眷屬們有的閉目，有的苦笑，各自做出不同反應。

洛基露出跟掛在背後牆上的小丑(trickster)旗幟(徽章)如出一轍的滑稽笑臉。

「那，差不多可以開始談關於色彩斑斕的『魔石』的事了吧。最近忙成一團，來交換一下詳細情報吧。」

洛基沒規矩地坐到桌上，告訴大家。

正如她所說，芬恩等人在此集合，是為了分享近來發生的多起事件——以食人花怪獸為首的騷動的情報。最近都市(歐拉麗)的動盪現象已逐漸浮上檯面，不能再加以輕視，坐視不管了。

洛基等人認真起來，開始面對面討論一連串危害到自己人(眷族)的事件。

「色彩斑斕的魔石……就是第50層的新種怪獸，以及出現在慶典上的食人花吧。」

「這兩種怪獸之間有何關聯，現在暫且擱在一邊……地下水道那邊情況如何，洛基？妳跟伯特一起去調查過了吧？」

芬恩接在格瑞斯後面說。

洛基轉頭隨便看了一眼少年的臉龐，回答他的問題：

「雖然有出現怪獸，但沒找到什麼線索呢。還遇到個可疑的男神(男人)把燙手山芋塞給我……」

留下某些使用過的痕跡的舊地下水道、出現食人花(怪獸)的大儲水槽，還有調查結束後遇到的男神狄俄尼索斯，以及他提供的情報。

洛基講起十天前與伯特在地下水道看到的事物，最後說出入侵公會與烏拉諾斯接觸時的情形。

「可以將公會視作清白嗎？」
里維莉雅想問洛基的是，包括怪物祭(Monster Philia)在內，被運到地表上的食人花怪獸，無論是用了什麼方法，這種怪獸來到地表上，與公會有沒有關聯性。
「公會看起來好像隱瞞了些什麼，但我覺得他們跟這次的騷動似乎沒有直接關係……」
洛基告訴大家，這只是神(自己)毫無根據的直覺。
既然主神這樣說，應該錯不了。芬恩等人表現出與洛基長年相處而培養出的信賴感，表示同意。
「那麼，芬恩你們呢？」
角色交換，這次換芬恩與里維莉雅做說明。他們向洛基解釋第18層「里維拉鎮」發生的殺人案，以及大量食人花的強襲事件。
事件真凶已經查明，是紅髮的女馴獸師。她能夠殺害第二級冒險者(哈桑納)，實力等同於第一級冒險者，連艾絲都不是她的對手。鎮上的怪獸也是她叫來的。
而這個女人要的，是哈桑納受到神祕委託人(client)指示帶回來的詭異胎兒「寶珠」。
「竟然能夠讓怪獸產生變異……真教人一時無法置信。如此說來，那個第50層的女體型(怪獸)，也是那個什麼寶珠變化而成的嗎？」
「恐怕是了，雖然目擊者只有艾絲與蕾菲亞……」
「我倒比較在意那個女馴獸師哩。芬恩與里維莉雅兩個人一起上，才勉強打贏的對手……又不是芙蕾雅那邊的【猛者（奧它）】。正面迎戰有勝算嗎，芬恩？」

「我是很想說不會輸給她……不過那不是會讓人想正面迎戰的對手，倒也是事實。」

里維莉雅回答捋著鬍鬚的格瑞斯，芬恩則是回答盤腿坐在桌上的洛基。

寄生在複數食人花身上的「寶珠」變成了超大型怪獸，外觀與出現在第50層、四處潑散爆炸粉末與腐蝕液的女體型十分酷似。關於「寶珠」，他們只知道那是慘遭殺害的哈桑納從第30層撿回來的，其他線索則杳然無蹤。

至於洛基，聽了芬恩對敵人的見解，嘴巴抿成了ㄟ字形。那女人的實力恐怕與Lv.6的芬恩以及里維莉雅不分軒輊……這樣一想，女馴獸師也可能是迷宮都市（歐拉麗）屈指可數的Lv.6之一。

「究竟是哪個派系的人啊。」對於這個來路不明的對手，洛基不禁低聲說道。

「……我上次從艾絲那裡問到一件事。」

里維莉雅慢慢開口。

她先聲明這件事是在擊敗樓層主（烏代俄斯）之後好不容易才問出來的，然後接著說：

「那個女馴獸師，好像稱她為『艾莉亞』。」

聽到這句發言，不只芬恩與格瑞斯，連洛基都睜大了眼睛。

芬恩正色向里維莉雅追問道：

「千真萬確嗎，里維莉雅？」

「嗯。那女人似乎是看到了艾絲的魔法（風）之後，立刻這樣說的，然後就對她窮追猛打。」

簡直像是找到了要找的東西似的——里維莉雅補充道。

聽到那女人對艾絲的【風靈疾走】起了反應，講出「艾莉亞」這個名詞，洛基與芬恩他們全都閉口不語。

——艾絲也是敵人的目的之一嗎？

芬恩等人的思維，萌生出同一個疑念。

「……我不認為除了我們以外，還有人知道艾絲的身世。」

「可是如果是這樣，對方怎麼會知道艾絲母親的名字？」

格瑞斯皺著眉頭，表示只有在場這四個人才可能知道那件事，芬恩斜眼看著他與里維莉雅對話，再望向洛基。

「洛基，諸神當中有沒有人知道艾絲的內情？」

「……大概又只有烏拉諾斯注意到了吧。」

聽到這句話，芬恩等人都冷眼望向主神。他們的視線當中，隱含著「搞了半天還是公會最可疑嘛」的意思。

「等等，等等。」冒汗的洛基舉起雙手，打斷孩子們的懷疑。

大家決定暫且把公會可不可疑的問題擱一邊。

「不過，她叫艾絲為『艾莉亞』……怎麼會把她與母親弄錯呢？這點讓我很在意。」

團長（芬恩）推測，或許女馴獸師也並不是很清楚少女（艾絲）的現況。

其他人也覺得有道理，將這個意見列入思考範圍。

「……假設敵人知道艾絲的真實身分，那他們的目的是什麼？」

里維莉雅輕啟雙唇，提出了疑問。

沒人能夠回答她。入手的都是些零星情報，無法將兩個點連成一條線。再加上這事關係到同伴（艾絲）的隱私，他們不能急著亂下結論。

四人之間一片沉寂。

「還有一件事讓我很介意。」

芬恩忽然開口說：

「那個女馴獸師似乎不知道我們是誰。」

「什麼意思？」

被格瑞斯一問，芬恩將視線移到里維莉雅身上。

「妳還記得嗎，里維莉雅？交戰之後，女馴獸師對我們說了什麼？」

「……你說那個啊。」

聽到芬恩這樣說，里維莉雅回想起十天前戰鬥時的記憶。

——「第一級……Ｌｖ．５，不對，是6吧。」

在芬恩與里維莉雅聯手給了女馴獸師一擊之後，她的確是這樣說的。

聽起來，她是透過戰鬥才認定芬恩與里維莉雅是Ｌｖ．６。反過來說，這就表示她在與芬恩等人交手之前，並不知道他們的實力與相關情報。

對於名震都市的第一級冒險者，她竟然一無所知。

「喔——是這個意思啊。我們【眷族】算得上是赫赫有名，而且是無遠弗屆，聞名全世界。尤其是芬恩你們這些第一級冒險者，更是名聞遐邇吧。」

「是啊。不是我自誇，無論是都市居民或是都市外的人，都不太可能沒聽過我們的事。」

芬恩點頭回答洛基的說法。

受世人歌頌為「世界中心」的迷宮都市（歐拉麗）的相關情報，一直是全世界的矚目焦點。如此著名的歐拉麗引以為傲的最強戰力第一級冒險者，而且還是君臨都市中的頂尖地位——除了「頂天」之外的最高階級——的Ｌｖ．６，其名聲更是無人不知，誰人不曉。

【勇者（Braver）】芬恩．迪姆那，以及【九魔姬（Nine Hell）】里維莉雅．利歐斯．阿爾弗。身為一介冒險者，不可能沒掌握到兩位知名人物的情報。

就算要說對世事沒興趣，也未免說不過去。

「能馴服大量怪獸，又缺乏一般知識……簡直就像……」

芬恩講到這裡，突然頓住了。

「簡直，就像什麼？」

「……不，沒什麼，忘了吧。」

里維莉雅催促芬恩講下去，他只是搖頭。

芬恩似乎覺得自己的妄想很可笑，捨棄了這個想法。

他輕吐一口氣，深深坐回椅子裡。

「……這件事也好，洛基在地下水道碰到的情況也好，敵人的身影連個輪廓都看不到啊。」

「就是啊。」

格瑞斯讓椅子發出吱呀一聲，芬恩點頭表示贊同。「嗯……」洛基也用手指搔著細瘦的下巴。

房間裡的對話暫時中斷。

「……我想問問艾絲本人怎麼說。」

過了半晌，芬恩如此低喃。

他打開辦公桌的抽屜，拿出一個手鈴。

那手鈴繫著華麗的緞帶，把手是刺眼的鮮紅。芬恩右手拿著這個手鈴，輕輕搖了一下。只聽見傳呼鈴的鈴鈴聲響……不到一秒鐘的時間，「咚咚咚咚」的奔跑聲震動了整座總部，往辦公室而來，接著房門「碰」一聲打開。

「——您叫我嗎，團長!?」

表情明亮的蒂奧涅出現在門口。

用她送給自己的——硬塞給自己的——傳呼鈴把本人給叫來，芬恩淡淡地做出指示。

「可以麻煩妳去找艾絲過來嗎？我希望妳讓蕾菲亞她們幫忙，把艾絲帶過來。」

「包在我身上!!」

蒂奧涅喜孜孜地一口答應，轉眼間就消失不見了。里維莉雅一語不發地關起開著沒人管的門。

看到這個搖一搖就能隨時召喚女戰士（亞馬遜人）的傳呼鈴，「這可真方便……」格瑞斯低聲說，「還好啦。」芬恩露出乾笑。

「嗯——，那麼艾絲過來之前反正閒著沒事，就來談談下次的『遠征』唄。」

洛基「嘿」一聲，從辦公桌上下來。

下次的「遠征」——【洛基眷族】對地下城「深層」未到達樓層的開拓行動，即將在十一天後進行，剩下不到兩星期了。

對於主神的提議，芬恩等人都沒有異議，表示贊成。

「妳跟女神赫菲斯托絲談妥了嗎，洛基？」

「喔——你是說想帶鐵匠（smith）一起去的那件事吧，都搞定啦。雖然條件是把『深層』的武器素材（掉落道具）讓給他們，總之菲菲已經答應囉。」

在做預定行程的細部調整與確認時，芬恩提出問題，洛基以手指比了個圓圈，表示一切沒問題。

上次的「遠征」受到幼蟲型怪獸的腐蝕液攻擊，裝備品與備份全都遭到融解，擊退敵人之後由於嚴重缺乏武裝，而無法繼續進行探索。有了上次被迫撤退的經驗，芬恩希望這次讓會修理武器的鐵匠同行，於是請洛基委託其他【眷族】提供協助。

芬恩指定的對象是鍛造的大型派系，【赫菲斯托絲眷族】。

該眷族鍛造技術不用說，還擁有眾多戰鬥能力高於一般高級冒險者的高級鐵匠(high smith)。芬恩判斷【赫菲斯托絲眷族】的團員就算在「深層」遭遇事故，也不會扯他們的後腿，所以才會指定這個派系。

「只要讓鐵匠維修武器，就可以一直用同一把主要武器戰鬥……而不用準備備份了呢。」

「是啊，省下來的行囊空間，可以全部用來攜帶『魔劍』。格瑞斯，這方面辦得如何了？」

「喔，一切都備妥了。我跑遍整個都市的武器店，弄到了三十來把，全都是上等貨色，今天就去拿貨。」

「魔劍」是用來避免接觸到幼蟲型會破壞武器的體液——對抗直接攻擊的手段。

他們打算用特殊武器瞬間使出效果等同於魔法的炮擊，從遠處進行攻擊。雖然不確定是否還會再度遇到幼蟲型集團，但還是得做好準備，以預防最壞的狀況。

這些「魔劍」將會由下級成員裝備，主要負責防衛據點(營地)。

「再來就是……除了里維莉雅與艾絲之外的主要戰力，都得準備『不壞屬性(Durandal)』的武器。」

上次的「遠征」當中，只有艾絲的不壞劍(絕望之劍)能持續抵抗融化武器的腐蝕液，對敵人做出有效攻擊。

芬恩說要讓魔導士里維莉雅之外的第一級冒險者，都裝備上與她的武器同類的特殊武裝(superiors)。

這也是用來對付那種新種(怪獸)的對策。他斷定眼下不解決那種幼蟲型，就不可能進入未到達樓層。

「『魔劍』與所有人的特殊武裝……哈哈，雖然早就料到了，不過這還真是燒錢啊——」

「魔劍」不用說，「不壞屬性」的特殊武裝可是貴得嚇人。

雖說里維莉雅與艾絲除外，但光是準備芬恩、格瑞斯、伯特、蒂奧娜與蒂奧涅這五個人的武裝，上次「遠征」賺到的利潤肯定會全部消失。不只如此，就連至今積攢起來的【眷族】資產也會用到接近底線。

「抱歉了，洛基。」

「是我把一切都交給眷屬(芬恩)處理的，你們就放手去做唄……再說，我喜歡要賭就要全部賭下去。」

洛基愉快地告訴他，大賭局(high risk high return)才是探索類【眷族】的箇中樂趣，同時也是「遠征」的常規。

她把地下城相關的總指揮統統交給芬恩，用哈哈大笑回答他。

「不過……這麼一來，女馴獸師的動向就很令人在意了。」

討論的過程中，里維莉雅忽然這樣說。

如果女馴獸師的確對艾絲有興趣，這次也有可能會做出某些反應。

要是在「遠征」的路上，被女馴獸師率領著食人花軍團襲擊，那可吃不消——她的言外之意，是在憂心這一點。

「嗯——……的確，這次『遠征』暫時取消，或許也是一個辦法呢。」

「現在才說中止，伯特或蒂奧娜他們恐怕會鬧喔……」

更何況艾絲才剛升級，他們一定坐不住。格瑞斯接在芬恩後面邊嘆氣邊說。

「再說前去遠征，也許能掌握到一些關於彩色『魔石』的線索。」

「唔嗯……」

「總之就照目前的計畫，先繼續做準備吧。」

雖然還不確定食人花會出現在哪個樓層，不過幼蟲型怪獸肯定是以第50層上下為根據地。芬恩主張為了收集情報，果斷進行「遠征」是有必要的，里維莉雅也點頭表示明白了。

然後當話題告一段落時，正好有人來敲門。

「團長，我是蒂奧涅，方便打擾嗎？」

「哦，好像來了呢。」

芬恩對隔著門傳來的聲音，回答「請進」。

辦公室的雙開門被打開，在那裡的果不其然，是蒂奧涅、蒂奧娜與蕾菲亞。

然而芬恩請她們帶過來的艾絲，卻不見人影。

「奇怪，艾絲美眉咧？」

「呃——……」

對於洛基的詢問，蒂奧娜的視線溜向一旁。

三人想必為了尋找艾絲，跑遍了整個總部，這時表情都顯得尷尬。

最後，蕾菲亞戰戰兢兢地，代表其他人開口道：

「她好像，去地下城了……一個人。」

「…………」

聽到她歉疚地說出口的話，【眷族】首腦陣容全都沉默了。

芬恩等人面面相覷，然後「唉」地嘆了口氣。

「才剛從地下城回來……」

「看她最近快快不樂的，是不是去解悶了？」

擊敗樓層主，結束了長期探索回到總部，中間才隔了一天而已。里維莉雅憂心忡忡，格瑞斯也一臉無奈。

「真是敗給她了。」芬恩苦笑著說：

「畢竟我們剛剛才談過，有點擔心呢。」

「我倒覺得也許是杞人憂天……到底她都Ｌｖ．６了。」

「再說不知道她要去哪裡，就算要追，也不能保證在廣大的地下城裡能找到她。照艾絲的個性，單獨至少會跑到『中層』吧……真是。」

剛才話題談到的女馴獸師，浮現在芬恩等人的腦海裡。

他們也知道自己變得太神經質，但還是有點為艾絲擔心。

「哎，如果擔心的話，叫伯特或是其他人隨便找一下不就得了？那個不服輸的也說要去地下城喔。」

洛基從旁提出建言。

聽到她說伯特看到艾絲升級，自己也躍躍欲試，芬恩等人也覺得這樣做或許最恰當。如果是嗅覺靈敏的獸人——雖然在充滿怪獸等惡臭的迷宮當中希望不大——或許能循著艾絲的氣味找到她。

「再來呢，芬恩，可以麻煩你瞞著公會，偷偷調查一下地下水道嗎？」

「就是剛才說的那條下水道嗎？」

「是滴，我們上次去的時候，並沒有調查得很仔細。」

洛基對抬頭看著自己的芬恩說：「大老遠跑去遠征找線索，結果線索其實就掉在腳邊，這樣不是很討厭嗎？」

「有我跟去會礙手礙腳，指揮可不可以就交給你？」

「嗯——我知道啦。既然如此，現在就動身吧。」

「不好意思喔，下水道很大，你可以多帶些人去。不過，不要帶太多用魔法的孩子去或許比較好。」

洛基猜想他們可能會遇上對「魔力」起反應的食人花，因此提出忠告，芬恩也答應了。

芬恩從椅子上下來，對被扔在房門口的蒂奧娜等人出聲說：

「蒂奧娜、蒂奧涅。我要立刻去調查都市的下水道，妳們跟我來。」

「是，交給我吧！」「雖然搞不太清楚，不過沒問題！」

芬恩指示兩人去召集魔導士以外有空的人，雙胞胎姊妹立刻衝了出去。

「我們也來為『遠征』做準備吧。」

「唔嗯，我帶小子們去拿訂的『魔劍』。」

大家一個跟著一個離開了辦公室。

等注意到時，房間裡只剩下洛基與蕾菲亞。

「奇、奇怪？呃——那我……」

「嗯——蕾菲亞就跟我一起看家唄。」

看到洛基咧嘴而笑，被拋下的蕾菲亞發出「啊嗚」一聲，頭低了下去。

四面環繞高聳又堅固的市牆的歐拉麗，乍看之下也像是一座牢籠。

事實上，自「古代」以來傳承千年歷史的都市構造，的確是以阻擋地下城怪獸的防波堤為中心概念。一旦轉身背對華美的都市中心地段、直達天際的美麗白牆巨塔，周圍看到的就是綿延不斷的石牆，將城市還有人們與外界隔絕。目睹被封閉在厚重圍牆內側、俯視自己的市牆威容，據說初次造訪都市的人們都會忍不住低喃「簡直像一座巨大監獄」。

然而實際上，被市牆圍繞的歐拉麗都市，卻比任何都市或國家都要來得富庶繁榮。

各地方的物產，從海岸近郊的西南半鹹水湖，以及綿綿不絕且經過整修的大草原公路流入都市，換成出口的魔石製品。歐拉麗坐享名為地下城的豐富資源，全世界的人潮與物資都會匯集此地。

經由座落於都市西南部的交易所，豐富的商品今天照常在街上流通販賣。來來往往的馬車忙著卸貨，把珍奇的食品、珠寶以及各色武器、防具送到街上，擺在店面，讓熙熙攘攘的都市居民與旅人們目不暇給、嘖嘖稱奇。

在巨大市牆的看守下，迷宮都市呈現一片繁華景況。

「……」

與街上的活力正好相反，艾絲獨自一人垂頭喪氣。

佩在腰際的〖絕望之劍〗配合著她的沉重步履，不規則地搖晃。

在大道的擁擠人群圍繞下，艾絲邁步往都市中央的地下城前進。

她想在摩天樓設施（巴別塔）的店面購買在長期探索等等消耗得差不多的道具，然後鑽進地下城。雖然艾絲從昨天就一直沒精打采的，但她覺得再這樣消沉下去也沒有用，所以她用上了所有意志力，把自己想悶在總部裡的身體拖到外面來。

都已經升級了，得好好切換意識，往更高的境地邁進才行……她雖然這樣告訴自己的身心，但心情就是好不起來。

這時遠遠拋在身後的總部裡，洛基等人已經發現艾絲外出了。

英氣凜然的【劍姬】的神態消失不見，內心懷著煩惱的普通少女，佩帶著劍與鎧甲，像迷路的小孩般走在路上。

（……我為什麼，會這麼沮喪呢？）

是因為這是第二次讓他逃走了嗎？

以前自己從來不會在意外人的謠言或是評價……然而那隻白兔覺得艾絲很可怕，卻讓自己好傷心。或者應該說……很受打擊。

也許就像想伸手撫摸可愛的小動物，湊上前去卻被一溜煙躲開的那種感覺。

看在那對深紅(rubellite)眼瞳裡，自己是否就像比彌諾陶洛斯還可怕的魔物(怪獸)？

自己做出的想像，讓艾絲更加沮喪。

（……太陽好耀眼。）

她在心中深切地喃喃自語。

晴朗的天空下，許多人沐浴著陽光，走在大街上，也有很多穿著重裝備的冒險者。艾絲沒察覺到周圍群眾都對自己投以羨慕與好奇的視線，混雜在人群裡沿著大道南下。

在寬廣道路變得更為開闊的前方，總共八條大街在中央廣場(Central Park)匯合，冒險者自西方與南方陸陸續續踏進圓形的大區劃。

從北大街來到此處的艾絲也走進廣場，往白色巨塔「巴別塔」前進。

而就在她往前走了一會的時候。

「啊。」

「……？」

她與昨晚才剛認識的女性——造訪總部的半精靈訪客不期而遇。

「巴別塔」地下一樓。

在通往地下城的敞廳裡，地板中央有著唯一一個地下迷宮的出入口——直徑十M（米度）的「大洞」張開大口。

圓形大廳當中維持固定間隔，排列著既長且粗的柱子，頭頂上的天頂壁畫，是幾可亂真的美麗蒼穹。

這個場所是區隔地下迷宮與地表的界線。為了在地底深處綿延的宏偉地下城冒險，冒險者們不分日夜地進出此處。此時這裡也擠滿了數不清的亞人（demi-human），帶著支援者進入「大洞」之中。

金髮金眼的劍士走下巨塔階梯，出現在這個全天候開放的迷宮入口。艾絲趕過眾多冒險者，一個人前往「大洞」。

在這當中，有個地方反射了一個小光點。

鑲在天空穹頂畫中的極小顆藍寶石，帶著隱微的光輝，追逐著她的身影。

「——好機會。」

在被黑暗封閉的室內。

俯視著放在底座上的水晶，黑衣人——費爾斯喃喃自語。

與「巴別塔」地下一樓穹頂畫的藍寶石發出同樣光輝的水晶，映照出艾絲走下「大洞」設置的螺旋階梯的身影。

凝視著隻身進入地下城的少女身影，費爾斯採取了行動。

「我要動身了，烏拉諾斯。」

黑衣一個轉身，消失在黑暗深處。

艾絲接受了委託。

說是這樣說，但並不是正式的冒險者委託，而是既沒有報酬也沒有好處的個人請求。

委託人是昨晚的半精靈訪客。

在中央廣場遇見的公會職員——名字叫埃伊娜・祖爾——私下向艾絲提出了委託，內容是

「請幫助名叫貝爾・克朗尼的少年」。

據她所說，少年現在被捲進了一樁麻煩事。所以她這個少年的顧問才會不顧體統，懇求才剛認識的艾絲提供協助。

艾絲答應了她的請求，因為艾絲也跟她一樣，很想幫助那個少年。而且她也有話要跟少年說。

聽說少年已經鑽進了地下城，現在人在哪裡則不得而知。為了在廣大迷宮中找到一個冒險者，艾絲解放了自己強韌的雙腳，加速趕路。

「——請問，有沒有看到一個白頭髮的男生？」

「喔哇!?」

「咦，劍、【劍姬】!?」

艾絲出聲詢問的獸人冒險者與小隊隊友們都嚇了一大跳。

艾絲將少年的特徵「白髮與深紅眼睛」告訴對方，對方一說沒看到，她馬上跑開，拋下被高不可攀的第一級冒險者搭話，嚇呆了無法動彈的初級冒險者們。

尋找新人（貝爾·克朗尼）冒險者的主要地點，當然是「上層」。

不同於只有少數高級冒險者才能攻略的「中層」以下地帶，「上層」的樓層區域，是人數眾多的初級冒險者的勢力範圍。所幸這裡人多，迷宮本身的規模也比下層區域小多了，收集情報還算容易。

艾絲每看到一個冒險者，就跑去問有沒有人看到少年。

「白頭髮的人類……經妳這麼一說，好像是有看到。」

「真的嗎？」

「呃，是啊……他一大早就在了，我記得是跟支援者一起往第8層去……」

她憑著Lｖ．6的腳力，轉眼間就跑遍了各樓層的每個角落，問過了幾十個人。

艾絲問到了幾個說有看到少年的冒險者，漸漸掌握到了少年的足跡。她心無旁騖地追逐目擊情報，不斷踏入更深的樓層。

等注意到時，艾絲已經踏破了通往第9層的路程。

她聽到了一項新情報，說少年下了階梯，於是往下個樓層前進。

——第10層？

一路拚命搜尋少年的艾絲，胸中產生了疑問。

怪物祭舉行的那天，當她聽說少年打倒了等級比他高的逃走怪獸時，心中也有同樣的突兀感。

艾絲所知道的少年，是個初出茅廬的冒險者。大約在二十天前，差點死在彌諾陶洛斯手裡的他，無論是身手還是體能，可以說在冒險者當中都屬於最低水準。

然而，這樣一個不成熟的冒險者，怎麼能抵達總共12層的「上層」的深部區域——第10層呢？

據委託人（埃伊娜）所說，少年沒有可以依靠的同伴，應該是單獨探索才對。

（……成長，了？）

在這麼短的期間內？

連當年的艾絲一個人要抵達第10層，都花了半年以上，少年卻成長到短短二十天就能來到這裡？

那是——不可能的。

（太快了——）

再怎麼說也太離譜了。

從來沒聽過有這種冒險者。

但如果是這樣的話，少年又是如何來到這麼深的樓層——想到這裡，艾絲搖搖頭。她斥責自己，現在不是想這種事的時候。

艾絲跑下連接兩個樓層的階梯，甩開了無解的疑問，以及對少年產生的另一番興趣。

不久她走完階梯，抵達第10層。

她衝出樓層的窟室起點，迷宮裡瀰漫著裊裊白霧。

阻礙視界的這片霧氣，是「上層」當中自第10層開始的特徵，可以說是一種迷宮陷阱（dungeon gimmick）。充斥視野的白紗，會減弱冒險者的方向感與對怪獸的探測力，令初級冒險者苦不堪言。在難以尋人的環境當中，艾絲踢踏著地面的綠草，在錯綜複雜的迷宮中前進。

秒殺在通道上迎面碰見的小魔鬼，前進的速度完全未見減緩。她沒有放過任何一絲四散在霧裡深處的氣息，總之先沿著記憶中第10層的正規路線前進。

她不倚靠視力，豎起耳朵仔細聽——聽見了。

「！」

是怪獸的難聽吼叫、激烈的戰鬥聲，以及人的咆哮。

聽到的不是莽漢們的粗嗓門，而是少年般的高亢嗓音，讓艾絲轉換了方向。她疾速飛奔在長長的通道上，衝向聲音傳來的窟室。

在寬敞的空間裡，稀疏立著幾株枯木。視線前方，窟室的中央附近，有好幾個巨大影子在霧裡瘋狂大鬧。不會錯，是大型級怪獸「半獸人」。

只有單單一個人影，在與怪獸們交戰。

「——【火焰閃電】!!」

下個瞬間，炎雷伴隨著炮聲直線飛出，劃破了霧海。

艾絲睜大了金色雙眼，看見的是炸碎的半獸人，以及筆直伸出手臂的白髮冒險者。

——不會錯！

在被使出的「魔法」驅散的濃霧裂縫深處，少年正在戰鬥。

他躲開怪獸們揮舞的四肢，以裝備的短劍勇敢反擊。即使小魔鬼與半獸人形成的包圍網讓他陷入苦戰，少年仍然如兔子般的敏捷應戰，以寡敵眾。

少年果然成長了，表現出足以在第10層奮戰的實力。

看他靈活運用可能屬於超短文型的炎雷戰鬥的模樣，只要花點時間，應該能靠自己的力量撐過這個場面。

艾絲感到驚訝之餘，趕向他的身邊。

少年突然誤判了狀況，閃避行動慢了一拍。他以左臂的盾牌卸力，讓半獸人揮動的枯木棍棒從盾上滑開。然而盾牌表面發出了「嘎嘎嘎嘎」的摩擦巨響，衝擊力道使少年一個踉蹌。

小魔鬼們舔著嘴，正要撲向失去防備的背部——但艾絲的劍不讓牠們得逞。

「咕耶——!?」

「!?」

高速的劍光一閃，一次把三隻小魔鬼砍成兩段。

於少年背後展開的剎那劍舞。艾絲感覺得到視野之外發生的狀況讓他吃了一驚，不過艾絲暫且以殲滅怪獸為優先。

她混進霧中，以怒濤排壑般的氣勢，讓怪獸連番發出臨死慘叫。

少年與怪獸都追不上艾絲的速度，宛如她有好幾個分身一同應戰。艾絲任憑金色長髮翻飛著，讓小魔鬼接二連三淪為愛劍（絕望之劍）的刀下亡魂。動作遲鈍的豬頭人（半獸人）身更是反應不過來，等注意到時，全身早已慘遭肢解。

只一眨眼的工夫，怪獸的數量銳減了。

「對、對不起!!」

「啊……」

看到包圍網漸漸崩潰，少年從一個地方強行突破。

他只用難掩焦躁的聲音對艾絲說了一聲，就頭也不回地衝向窟室出口。

回頭一看，少年的身影早已消失在霧中深處。

艾絲原本還愣在原地，但怪獸襲擊過來，她不得已只好應戰。

她漂亮地將怪獸全數殲滅，讓牠們不能追殺少年。

「走掉了……」

至今的戰鬥好像從來不曾發生，草原陷入一片寂靜。

艾絲輕聲喃喃自語。

她甚至沒能出聲叫住少年。

不到一眨眼的時間，背對背的重逢。

濃霧讓雙方都無法看見對方的臉，恐怕少年並未察覺到艾絲是誰。自己算是來救他的……但兩人又再一次錯身而過。

「……」

艾絲心裡默默地想「不過」。

也許自己有幫上他的忙。

艾絲覺得少年剛才似乎相當焦急。少年不顧自己受到襲擊，拚命想擺脫怪獸集團。就像是要趕去解救陷入危機的同伴。

雖然這只是艾絲的直覺，但她覺得應該八九不離十。

因為來到這裡的一路上，她在打聽少年的消息時，好幾次聽到單獨探索的他，只帶著一個同伴（支援者）。

（接下來怎麼辦呢……）

據委託人（埃伊娜）所說，少年有可能是因為那個同伴（支援者）的關係，才會被捲入其他派系的糾紛……不知道他要不要緊。

現在再去追他，能不能再度找到他很難說。況且……如今他已經學會了「魔法」，一般暴徒就算集合起來想找他麻煩，應該也奈何不了他。

艾絲回想起剛才少年的身手，經過分析，認為他漸漸擁有了初級冒險者當中屬於最高級的實力。她覺得似乎不用為少年操心。

艾絲稍稍猶豫了一下該如何是好，就在這時。

無意間，她在視野角落看到一個發亮的物體。

「……這是……」

她走過去，撿起掉在草原上的發光物體——一件防具。

那是個散發綠寶石光輝的護具。光源似乎就是來自這面盾牌。

彷彿訴說著抵禦過的怪獸攻擊，平滑的表面變得千瘡百孔。

是探索地下城時，有時候會找到的冒險者失物嗎？微微偏著頭的艾絲，「啊……」忽然靈光一閃。

「該不會是……？」

或許是少年的裝備品也說不定。

可能是剛才抵擋半獸人的棍棒時，從手臂上脫落的。在視野不佳的濃霧之中，艾絲的確看到少年的手臂閃爍了一下翠綠光輝。
她蹲下來，小心翼翼地撿起護具。看到金屬扣子的破損痕跡，艾絲確定這一定是少年的東西。
艾絲低頭看看兩手拿著的防具，在原地站了一會。
「……？」
艾絲抬起頭來。
沙沙聲讓她回過頭。
背後的草原，不知是不是誤闖了這個樓層，有一隻上面樓層的兔子怪獸「針刺兔」蹦蹦跳跳著。獨角兔一與艾絲四目交接，嚇了一跳，倉皇逃走了。牠似乎是看到了周圍散落一地的怪獸死屍，而明白到雙方實力的差距。
只是普通的怪獸……？
艾絲起了疑心。真正吸引她的注意力的，應該是另一個偷窺般的氣息才對。
是自己多心了嗎？
「……」
不對。
面對瀰漫的濃霧，艾絲的眼神變得銳利。
她右手持著護具，左手再度拔出收進劍鞘的寶劍。
在那片霧的深處，有什麼東西在。

「……被發現了嗎？這真是有眼不識泰山了。」

不久，霧氣開始搖曳。

從白霧深處，浮現出一個漆黑影子。

那是個全身穿著黑色長袍的謎樣人物。填滿黑暗的連衣帽底下什麼都看不見，雙手戴著具有複雜紋路的手套（glove）。看不到一點肌膚露出。

那人散發一種難以言喻的存在感，讓人不禁懷疑：此人真的是人類嗎？

面對連性別都無法判斷的黑衣人，艾絲保持警戒，問道：

「有事找我？」

「對，正是。不過在我解釋之前，希望妳先放下那把劍，我無意加害於妳。」

從濃霧中走出的可疑黑衣人，停下了腳步。

的確，從此人身上感覺不到一點敵意。他刻意踏入艾絲的攻擊範圍內，將自己的生殺大權交到她手裡。在這個距離內，對手還來不及動，就會被艾絲的愛劍（絕望之劍）砍倒在地了。

看到此人誠心希望自己能聽他說，艾絲暫且放下了劍。

「……你是誰？」

「沒什麼，一個微不足道的魔術師（mage）罷了……以前我曾經與露露妮・路易接觸過，這樣講妳應該懂吧。」

聽到對方所言，艾絲心頭一驚。

露露妮・路易，就是在「里維拉鎮」從遇害的哈桑納手中接受了寶珠（貨物）的獸人少女。她說自己是受到神祕委託人所託，才接下了送貨人的任務。

「漆黑長袍」、「是男是女都看不出來」……她所描述的委託人的特徵，與眼前的人物完全一致。

「艾絲・華倫斯坦……我想請妳接受冒險者委託。」

艾絲還在驚愕時，黑衣人已經說出了來意。

「第24層發生了怪獸暴增的異常狀況（Irregular）。我希望妳能調查此事，或是鎮壓這場暴亂。」

黑衣人又接著說「當然我會準備報酬」。

「事情的原因已經有頭緒了，問題很可能出在樓層最深處的……糧食庫（pantry）。」

艾絲保持沉默聽著，同時不停思考。

她現在才知道第24層發生了怪獸暴增的異常狀況，但為什麼會找上自己（艾絲）進行調查呢？就目前狀況來看，對方似乎一直在伺機與自己接觸。

追根究柢說起來，眼前這名人物究竟是什麼人？他自稱是魔術師，如果相信他所說的，那應該是領受了天神「恩惠」的眷屬，但不知道為什麼，卻向其他派系的人尋求協助。

艾絲注視著眼前的黑衣人，想刺探對方的意圖。

「事實上，之前在第30層——我讓哈桑納前往的地點，也發生過酷似這次事件的現象。」

「！」

艾絲肩膀一震。
她的表情頓時產生動搖。
對方似乎認為講到這裡，艾絲就會明白了。
那人晃動著漆黑長袍，直指核心。
「襲擊『里維拉鎮』的人……很可能跟那顆『寶珠』有關。」
艾絲倒抽一口涼氣。
她知道這是誘餌，用意是要引起自己的興趣，但她的心仍然激烈起伏。
讓自己的身體躁動不安的詭異「寶珠」，以及稱自己為「艾莉亞」的紅髮女子。
一連串記憶重回艾絲腦中。
「情況相當嚴重，【劍姬】，希望妳務必能幫忙。」
艾絲苦惱不已。
面對懇求自己的黑衣人，她想了又想……一會兒後，縮起了她纖細的下巴。
「我明白了……」
艾絲接下了這份冒險者委託。
對方並沒有不良企圖——沒有想陷害自己的惡意。艾絲考慮過各種前後因素與可能性，最後憑直覺看穿這一點，才做下如此決定。
最重要的是，艾絲很想獲得關於紅髮女子與「寶珠」的線索。

看到她答應下來，「感激不盡。」黑衣人向她道謝。

「如果可以的話，我希望妳現在馬上前往，可以嗎？」

對於對方的要求，艾絲一時無法回答。

她不知道自己能不能擅作主張，一個人去處理委託……於是雖然知道不太可行，但還是試著拜託眼前令人起疑的人物。

「那個，可以請你代為傳話嗎？跟我的【眷族】講一聲……」

「嗯？喔……原來如此。我明白了，這點事就交給我吧。」

大概是體察了艾絲不想讓同伴擔心的心情，黑衣人竟然答應了。

艾絲感到些許驚訝之餘也鬆了口氣，立刻寫了封信。她從腰上的隨身包（pouch）裡取出攜帶用羽毛筆——可用少許血液代替墨水，價格不菲的魔道具（magic item）——以及羊皮紙，親筆寫下給洛基的信，最後再寫上【神聖文字】以證明寫信人是艾絲本人。她將信件放在對方伸出的手套上。

……如果要說還有哪件事讓她掛心，那就是白兔（少年）的安危了。

艾絲決定相信剛才看到的光景。

相信判若兩人地成長茁壯的，一名冒險者的身影。

「首先，請妳去一趟『里維拉鎮』。『幫手』已經到了。」

「我明白了。」

黑衣人指示她前往指定的酒館說出「通關密語」，艾絲點頭答應。

該傳達的事都傳達完了，黑衣人不說廢話，後退消失在霧中。

看著對方消失的艾絲也轉了身，踏響靴子。

第一個目的地是第18層。

她要與黑衣人所說的「幫手」會合，立即前往第24層。

心裡想著女馴獸師與「寶珠」的事，艾絲從目前所在位置出發。

二章
Let's party ?
Гэта казка іншага сям'і.
Давайце святкаваць?

太陽升上高空，時鐘指針指向十的時候。

順路過來的冒險者們都去探索地下城了，公會本部漸漸變得清閒。

晚來的人在大門口與做好萬全準備的一支小隊擦身而過；在另一個地方，剩下的冒險者大多聚集在巨大告示牌前，為了找找看有沒有好接的冒險者委託。此外也有一些人與同行頻繁地交換真假不明的情報，希望能聽到些地下城的好康話題。

在這些人當中，那個少女看也不看周圍一眼，獨自仰望著告示牌。

這是一位美麗的精靈冒險者。一頭巫女般黑亮的長髮直達腰際，肌膚白得驚人。穿在身上的戰鬥服（battle cloth）造型類似祭司服，同樣以純白為主要色調。長長的衣襟一路遮到脖頸，極力減少肌膚的露出，彷彿顯現了精靈的潔癖個性。

少女的赤緋雙眸，掃過每一張貼在告示牌上的羊皮紙。

看完了角落最後一張委託書後，她稍稍瞇細了眼。

確認告示牌完全沒有貼出自己所要的情報——關於第24層的冒險者委託，她從告示牌前面走開。

接著她前往服務窗口。

「抱歉，可以請問一下嗎？我申請的第24層冒險者委託似乎沒被貼出來，就是關於怪獸暴增的委託。」

她為了套話，講出自己從未提出的委託，在窗口等著為人服務的人員，明顯地動搖起來。

獸人服務小姐抖著一對獸耳，說「請稍等一下」就消失在房間深處。

不久她回來了，戰戰兢兢地說：

「現在正在進行審議……非常抱歉。」

聽了對方的回答，少女無言地轉身就走。

她穿越白色大理石砌成的門廳，走到一半，僅用眼睛回望了一下背後，只見接到聯絡的服務小姐，似乎也對冒險者委託「審議中」暫且擱置的決定感到困惑。

「公會蓄意限制第24層的情報……？」

精靈少女從基層職員的反應，推測公會高層的動向。

她察覺到公會在操弄情報，不讓第24層的異常變化——怪獸暴增的消息擴散出去，喃喃自語。

「……向狄俄尼索斯神報告吧。」

【狄俄尼索斯眷族】的成員之一，精靈菲兒葳絲離開了公會本部。

遠離北大街的第一區內。

熙來攘往的街道旁，有一家由無眷族(free)的亞人少女們經營的花店。可愛的木製看板上寫著店名「花情草意」。

看似與嬌豔鮮花毫無緣分的粗壯冒險者——一臉輕浮的表情——頻繁出入花店，一看就知道別有用心，不過也多虧這些人的福，花店門庭若市，生意興隆。

一名男神造訪了這家少女們的花店。

「不好意思，可以幫我挑些鮮花嗎？」

「啊……好、好的!?」

俊俏的容貌對著自己微笑，讓小人族少女染紅了雙頰。她揮手找同事幫忙，急忙開始挑選鮮花。

店裡的女孩，全都在偷瞄站在店門前的金髮男神狄俄尼索斯。有如某處異國王子般英俊瀟灑的他，讓女孩們心中小鹿亂撞。

不同於空有俊美容貌，笑起來卻十分下流的其他天神，狄俄尼索斯顯得氣質非凡，更非一般人族所能及。

光是從店門口欣賞店內花花草草的一舉一動，都能吸引孩子們的視線。

不久，狄俄尼索斯要的花束準備好了，他道了謝付錢時，店裡的女孩們都走到狄俄尼索斯身邊，圍成一圈。

「是要送給哪位女士嗎？」

「我也好想收到您的花束喔～」

「呵呵，那麼我就收下比花朵更嬌豔的妳們吧？」

與狄俄尼索斯調情的店員聽到這句做作的台詞，似乎心中竊喜，用期待的眼光看著他。

狄俄尼索斯瞇細他玻璃般清澈的雙眸，將臉湊向女孩們。

「妳們用這種眼睛看我——我真的會吃了妳們喔？」

低聲呢喃的甜美嗓音，讓女孩們發出嬌膩的尖叫聲——然而就在下個瞬間。

她們看向狄俄尼索斯的背後，全都凍住了。

「…………」

不知是何時現身的，美麗的精靈少女，不帶一點表情地注視著店員們。

握拳的手發出纖纖玉指不該有的吱吱擠壓聲。

女孩們倉皇地散去，躲進店裡。剩下狄俄尼索斯俊俏的臉孔連連抽搐，回頭看向站在背後的眷屬。

「回、回來得真快啊，菲兒葳絲……」

「是，我得到了情報想告訴狄俄尼索斯神，為了狄俄尼索斯神特地趕了過來。」

菲兒葳絲淡淡地，回答憑著神的矜持不讓聲音顫抖的主神。

陰黯情感在少女的赤緋雙瞳中靜靜翻騰。承受著無言的波動，狄俄尼索斯僵在原地半天——最後緩緩地放鬆力氣，重新露出微笑。

他右手抱著花束，另外取出一朵花。

「我不知道妳聽到了多少……不過以諸神（我們）來說，這些都是客套話（嘴上說說）罷了。她們為我挑選了要送給妳的鮮花，總得施點口惠吧。」

收下鮮花的菲兒葳絲，睜大了雙眼。

幾秒鐘前的模樣彷彿從來不存在，一下子變得乖巧可愛起來。

雙頰染成薄紅的精靈少女，兩手握著白花低下頭去。

「您雖然是天神，但像那樣做出讓人誤會的言行……隨意回應別人的求愛，我覺得不是很妥當。」

「怎麼，妳在吃醋嗎？」

「……除了狄俄尼索斯神之外，沒有人會愛我這種人的。」

菲兒葳絲縮成一團嘀嘀咕咕地說，把狄俄尼索斯逗得笑了起來。

「哈哈哈，可愛的小傢伙。」

「！……」

主神輕撫梳理著瀏海的手指，害得菲兒葳絲臉更紅了。

笑了一會之後，狄俄尼索斯抬起頭來。

「好啦，差不多該走了。到那邊再把情報告訴我吧。」

狄俄尼索斯抱著花束，出聲攔下沿街攬客的馬車，與菲兒葳絲一同坐了上去。

都市的東南區，有著一座數不清的墓碑並列的公墓。

這個寫著名稱為「第一公墓」的場所，又被稱為「冒險者公墓」。正如其名，這是為在地下城殞命的冒險者們準備的墓地。他們的墳墓不斷增加，直至今日墓地已經不足以容納，因此在都市外北方的丘陵上，還有第二、第三公墓。

留下顯赫功績的冒險者——特別是自「古代」以來被稱為「英雄」的那些人物，他們的墓地，設置了在公會本部前院等地也能看到的巨大紀念碑。許多人為了表示對昔日先人們的驕傲與敬意，不分種族與【眷族】，在這裡獻上鮮花。

狄俄尼索斯與菲兒葳絲走下長長的階梯，在這些冒險者的墓碑之中前進。

「……」

他們停下腳步，在他們的正面，用【眷族】的資金買下的一塊公墓角落，已經做了好幾座墳墓。狄俄尼索斯走到其中最新做成的三塊墓碑前，親手供上花束。

長眠於這座墓地底下的遺骸其實不多。凶暴的怪獸集團與地下城嚴苛的環境不允許遺族收屍，很多死者的墳墓只是空有一個小小墓碑。前一陣子遇害的狄俄尼索斯的孩子，遺體安放在棺材裡，墳墓之間的間隔較寬。

身為天神的狄俄尼索斯很清楚，像他這樣在墳前供花是毫無意義的。

孩子們的靈魂已經回到天上去了。埋在這個墓碑下的只是肉塊，該告慰的憾恨，或是應該瞑目的人都不在這裡，應當祈求的冥福全看「天界」的神如何斟酌。他的行動不過是倣效下界人們的習俗罷了。

同時這也是留在地上的狄俄尼索斯，唯一能對孩子們表達的謝意。

「第24層的情報未得到公開，是嗎……」

「是，沒有任何相符的冒險者委託。」

給墳墓獻過花後，佇立於眷族墓碑前的狄俄尼索斯，聽待在背後的菲兒葳絲講述詳細情形。

周圍除了他們之外沒有其他人影，兩人繼續交談。

「昨天前往『里維拉鎮』時，鎮上都為了怪獸暴增一事而人心惶惶。甚至有人認為在公會提出具體解決方案前，最好避免探索第20層以下的區域。」

狄俄尼索斯他們掌握到的第24層的騷動情報，是菲兒葳絲前往安全樓層(safety point)——第18層打聽來的。

聽了眷屬描述的情形，男神陷入沉思。

「的確，就狀況的規模而論，是應該發出強制任務……」

公會做為歐拉麗的管理機構，在緊急狀況下可以對都市所有派系發出「強制任務」——說穿了就是十萬火急的冒險者委託。

「就這次的異常狀況來看，發出強制任務也不奇怪吧。」狄俄尼索斯低聲說。

「是公會高層……不，是烏拉諾斯在搞鬼嗎？」

是否不想把問題鬧大？

還是想派少數精銳迅速平定這場騷動？

狄俄尼索斯推測身為公會主神的烏拉諾斯，有祕密調動私兵的可能性。

「要怎麼做，狄俄尼索斯神？」

對於菲兒葳絲的詢問，狄俄尼索斯保持沉默。

過了一會，他轉向背後。

「把洛基捲進來看看好了。」

「又給我跑來了……」

洛基露出厭煩的表情，迎接狄俄尼索斯他們。

地點是【眷族】總部，黃昏館的大門前。洛基接到報告說有尊天神申請與自己會面，出來一看，等在正門前的就是這個帶著團員（菲兒葳絲）的男神。

狄俄尼索斯一口白牙閃閃發亮，露出滿面的笑容。

「我得到了一項令人在意的情報。別站著講，找個可以好好坐下談的地方慢慢聊吧？」

他言外之意，就是厚臉皮地在說「讓我進總部」，洛基起初對他說「快給我滾」，然而一看到菲兒葳絲輕輕示意的特級葡萄酒的品牌，就不情不願地讓他們進了大門。嗜酒如命的女神被守衛與護衛團員投以白眼。

不過她仍然不願意讓外人跨過門檻，於是讓人在高塔前的狹窄庭園裡準備了桌椅。

「所以，你說的令人在意的情報是啥？」

洛基接過葡萄酒，打開來二話不說就喝將起來，狄俄尼索斯先說「公會有奇怪舉動」，然後描述了第24層的現況。

描述的是樓層內發生的多起怪獸暴增事件。

「雖然知道的人不多，不過其實以前，也發生過類似這次狀況的怪獸暴增事件，那次是在第30層。」

「第30層」這個關鍵字，讓洛基揚起了一邊眉毛。

芬恩他們跟自己報告過，遇害的哈桑納，也是在這個樓層撿回寶珠的。

「那是啥時候的事？」

「記得應該是……三個星期前吧。不過因為是『下層』的事，所以似乎就連高級冒險者都沒在傳這件事。」

就算是高級冒險者，也只有少數一部分能進入危險度比「中層」更高的「下層」。狄俄尼索斯說可能是因為目擊者少，所以怪獸暴增的風聲沒有傳開來。

他又對沉默無語地喝著葡萄酒的洛基說，公會在控制這些情報。

狄俄尼索斯還說，烏拉諾斯有可能在背地裡行動，派遣了私兵前往第24層。

「也可以懷疑他是想湮滅整件事。」

「公會還是不能信嗎？」

「……去刺探烏拉諾斯的是洛基妳，只要妳認為他是清白的，我無話可說……只是，還是覺得有點不對勁。」

聽他說公會那邊的確有些教人起疑的地方，「也是啦。」只有這一點，洛基也表示贊同。

「所以，你到底想要我怎樣？」

「哈哈哈，我不是說過如果有什麼進展，會通知妳嗎？沒別的意思啦。」

相對於用猜疑的目光看著自己的洛基，狄俄尼索斯露出神清氣爽的笑容。

在洛基的團員與菲兒葳絲的旁觀下，一邊是想把麻煩事塞給對方，一邊是想逃避，兩尊天神開始勾心鬥角。

「我家的孩子現在都出去了，不可能去調查第24層啦——」

「是去調查那條地下水道了？」

洛基一邊心想「真是個直覺靈敏的傢伙」，一邊點點頭。她告訴狄俄尼索斯，團長（芬恩）率領著魔導士之外的精銳，已經出發前去下水道了。

她還吐著舌頭說，其他人也都去辦「遠征」的手續或是做準備，統統不在家。

「【劍姬】不在嗎？如果能請她前往，那可是能抵百人之力呢。」

艾絲美眉她——洛基講到一半，突然「咚」的一聲。

一個小小的羊皮紙卷軸，從她的頭頂上掉了下來。

「啊？」洛基抬頭一看，只見一隻貓頭鷹飛過上空。

傳信鴿……不對，是誰的使魔嗎？洛基正產生疑問時，貓頭鷹飛離了總部的上空。

「是信嗎？」

「好像是哩。」

總之洛基先拿起貓頭鷹投下的卷軸。

狄俄尼索斯優雅地端起奉上的紅茶啜飲時，洛基看過寫在羊皮紙上的文章——沒多久就仰望著天空，像在嘆氣。

她「啪」一聲，手心拍在額頭上。

「艾絲跑去第24層了……」

呃噗!?狄俄尼索斯把紅茶噴了出來。

主神嗆得不住咳嗽，背後的菲兒葳絲也大吃一驚。

「她接下冒險者委託，去了第24層……選在這種時機，太巧了吧。還叫我不要擔心，鬼才能不擔心咧，艾絲美眉這個天然呆（小傻瓜）！」

看到信上還附加了【神聖文字】，百分之百是本人（艾絲）的筆跡，洛基確定少女被捲進騷動之中了。

她對在一旁待命的團員下令道：「把伯特……還有蕾菲亞叫來，越快越好。」

「妳打算怎麼做？」

「我讓伯特他們去追艾絲。這場騷動，看來跟里維拉鎮遇襲脫不了關係哩。」

洛基從狄俄尼索斯帶來的情報看出與過去事件之間的關聯性，立刻決定派出人員追趕艾絲。

狄俄尼索斯從菲兒葳絲手中接過手帕擦擦嘴，瞇細了眼睛。

「就兩個人去沒問題嗎？雖然事情是我提出來的，但我覺得第24層這件事散發出危險的香氣喔。」

「沒辦法啊，其他人都出去了。目前感覺能幫上艾絲的忙的，就只有伯特與蕾菲亞了。」

狄俄尼索斯似乎是憑著神的直覺，主張這樣做的危險性，洛基聽了，也不太情願地把雙手交疊在後腦杓。

聽到她說手邊人員有限，狄俄尼索斯沉吟一會之後……轉頭看向自己的眷屬。

「菲兒葳絲，妳跟洛基他們的孩子一起去第24層吧。」

精靈少女大吃一驚，洛基也睜圓了眼睛。

看到主神表情嚴肅地盯著自己，菲兒葳絲聲色俱厲地說：

「狄俄尼索斯神，您說這是什麼話!?誰要來護衛您呢!?」

「聽我說，菲兒葳絲。是我拿一己之私把洛基捲進來的，我也不能只是把問題丟給她，得表現出誠意才行。」

狄俄尼索斯勸導似地繼續說。

「最重要的是，我想獲得洛基的信任。」

然後他毫不隱瞞地說出了真心話。

「信任必須靠行動獲得……妳明白吧，菲兒葳絲。」

「……」

狄俄尼索斯說，事實上洛基還沒完全信任他們。

哪有人在本人面前講的啊。洛基一副受不了他的表情。

「可是，我……」

見菲兒葳絲欲言又止，狄俄尼索斯從椅子上起身。

如同溝通心意般，天神的玻璃眼瞳，與眷屬的赤緋眼瞳，沉默無言地交談著千言萬語。

「菲兒葳絲，拜託妳。」

「……我明白了。」

菲兒葳絲勉勉強強地，點頭答應了主神的熱望。

她轉向洛基，挺直了姿勢。

「女神洛基，如果可以，請准許我與您的小隊同行。」

「嗯～我是很感謝你們的好意啦……不過說真格的，她跟得上嗎？」

「菲兒葳絲是我的【眷族】當中唯一的Ｌｖ．３。到第24層的話，至少不會礙手礙腳。」

聽狄俄尼索斯從旁保證眷屬的實力，洛基偏偏頭。

「你的【眷族】裡有第二級（Lv.3）？我還是頭一次聽到耶？」

「……我花了一大筆錢，拜託當時的諸神大會不要提及菲兒葳絲的情報。這孩子在冒險者之間太引人側目了。」

「雖然只是微不足道的父母心，不過我一直在讓她避免引人注目。」狄俄尼索斯說。他坦承自己在冒險者一躍成名的諸神會議上，隱瞞了團員的名字。

他又補充說官方(公會)情報有清楚記載她的等級是Lv．3，洛基回了一聲「是喔」，把視線移向本人。

黑髮精靈少女閉起眼睛，什麼也不說，只是站著。

「好吧，沒差。反正人手的確不足，我會跟伯特他們講一聲。」

「謝謝您。」

得到洛基的許可，菲兒葳絲向她致謝。

在這之後總部內不斷響起慌亂吵鬧的聲音。聽了洛基解釋後的精靈晚輩急急忙忙打包行囊，已經做完探索準備的狼人青年則是大聲咒罵。為了趕往同伴(艾絲)身邊，他們迅速做好了出發的準備。

不久後，在洛基他們的陪同下，伯特、蕾菲亞與菲兒葳絲在總部正門前集合。

「又是妳啊……」

「請、請多多指教。」

伯特這次是第二次碰到菲兒葳絲，一張臉不滿地皺了起來，裝備著筒形背包與法杖的蕾菲亞則做完了自我介紹。

面對即將一起組成臨時小隊的兩人，菲兒葳絲只是閉口不語。

「只要敢扯我後腿，我就一腳把妳踹飛。趁還沒嗝屁快滾吧。」

「……少說蠢話，狼人。」

「嗚、嗚嗚～……」

伯特與菲兒葳絲從一開始氣氛就相當險惡，如實表現出獨來獨往的狼人與自尊心強的精靈不對頭的關係。臨時湊成的小隊常有的不睦弊害，讓蕾菲亞獨自胃痛。

前途多難，將來慘狀不難想像。

夾在派系前輩與精靈同胞之間，蕾菲亞與兩人一同從總部出發。

從第10層出發的艾絲，很快就到達了第18層。

天頂的水晶簇形成了藍天，艾絲跨越安全樓層裡的整片森林與大草原，前往西部湖畔。她照著黑衣人的指示，順路前往蓋在巨岩小島上的「里維拉鎮」。

雖說事件發生以來已經過了十天，不過遭受大群食人花襲擊的流氓城鎮(rogue town)當中已經有很多店鋪修繕完成，仍然是件讓人驚訝的事。破了大洞的懸崖以及被打碎的水晶柱等等，地下城本身的地形已經恢復了原貌。高級冒險者們熙來攘往的城鎮光景映入艾絲眼裡。

還有一些人抱著工具，正在重新修築商店或路上階梯，艾絲在這些人當中，首先尋找特定的一家酒館。

她途經遠離喧囂的鎮上小徑，往人家簡單告訴過她的路線走去。
不久她來到城鎮北部，由長條巨大水晶峽谷形成的群晶街道(Cluster Street)附近的小路。
那是一個在粗糙岩壁上開著大口的洞窟。
「這裡竟然有酒館……」
樓層天頂的水晶光照不進這條狹窄死巷，頗為陰暗。看到這家店悄悄座落於毫無人煙的地方，艾絲喃喃自語。她長年以來在「里維拉鎮」歇腳過好幾次，卻不知道這裡還有家酒館。
黑衣人指定的酒館，店名叫做「黃金地窖亭」。
洞窟入口放了塊看板，紅色箭頭指著斜下方。設置的木製階梯通往洞窟裡，艾絲踩在階梯上發出嘎吱聲，一路往下走。
步下整段階梯，艾絲踏進沒有門也沒有隔板的洞穴，同行群集的酒館景象就在眼前鋪展開來。
首先最顯眼的，是生長在洞穴中央、蘊藏黃光的水晶柱。在第18層到處都可以看到白色或藍色的水晶，但這種黃水晶她還是第一次看到。想必是只會生長在這裡的稀有品種吧。
艾絲驚嘆之餘，環顧四周。黑色岩石暴露在外的酒館空間算是不大不小，裡頭準備了好幾張桌椅。在天花板與牆上設置的魔石燈與黃水晶照亮下，嘴角掛著笑意的冒險者們在桌上賭博(打牌)，賭金(籌碼)是大小不一的「魔石」。
客人還不少，五張桌子都坐滿了，只有酒館角落的吧檯還空著。艾絲心想這裡生意或許還不錯，走向空著的吧檯座位。

長長吧檯的內側是放著各色瓶子的酒櫃，以及沒有一點笑容的矮人老闆。

只有一個座位，已經被一名獸人少女坐走了。

「嗯嗯？咦，這不是【劍姬】嗎!?好巧喔，竟然會在這裡碰到妳！」

「……露露妮，小姐？」

注意到艾絲的犬人少女——露露妮先是驚訝，然後露出笑容。

她是其他派系（荷米斯眷族）的冒險者，在上次「寶珠」那件事當中，與艾絲還有蕾菲亞曾暫時一同行動。

她有著一頭黑髮、褐色肌膚與柔韌的四肢。身上沒穿鎧甲，只穿著注重身手靈活的戰鬥服，與她纖瘦的身材搭配起來，讓艾絲聯想到「盜賊（thief）」這個詞。

那時她跟這次的艾絲一樣，也是受雇於黑衣人，接下送貨人的工作。

正當艾絲感受著不可思議的緣分時，露露妮輕鬆地找她搭話。

「上次受妳照顧了，幸好有妳在，我才能保住一條小命，我想再跟妳說聲謝謝。」

「不會……身體，還好嗎？」

「啊哈哈，就如妳所看到的，好得很。」

露露妮笑容可掬地對艾絲說「讓我請妳喝一杯吧」，艾絲一邊婉拒她的好意，一邊照黑衣人所說，坐到從吧檯角落算起第二個座位——也就是緊挨著露露妮的位子。

她一瞬間露出狐疑的表情，但馬上恢復了笑容。

「妳今天一個人來探索啊？想不到妳也知道這家店，看來【劍姬】也很懂門路呢。」

露露妮嘰哩瓜拉說個不停，艾絲一邊隨便回答，一邊看著吧檯內側。

矮人老闆板著臉走過來，問她：

「要點什麼？」

這時，艾絲說出黑衣人告訴自己的「通關密語」。

「『炸薯球抹茶奶油口味。』」

說時遲那時快。

艾絲一講出「通關密語」的瞬間——匡啷!!

身旁的椅子發出巨響，整個翻了過去。

艾絲嚇了一跳，往旁邊一看，只見露露妮一屁股跌坐在地，一臉不敢置信的樣子直發愣。

「……妳、妳就是救兵？」

——難道……艾絲正在這樣想時，周圍其他人也有了動作。

本來在喝酒的人類，在賭博（打牌）的獸人們，所有客人全都一齊從桌旁站了起來，注視著艾絲。艾絲也緊張起來，離開座位。

看到他們捨棄原本輕鬆飲酒的姿勢，眼神嚴肅地望著自己，艾絲總算是明白了。

也就是說——包括露露妮在內，這家酒館裡的客人，全都是黑衣人所說的「幫手」。

「真的就是她沒錯嗎，露露妮？」

「亞、亞絲菲……」

在圍著艾絲站起來的人們當中，走出了一名女性冒險者。

水色(aqua blue)的滑順髮絲只有一綹染成白色。眼睛是與髮色相近的碧眼。戴著銀製眼鏡的相貌端整秀氣，給人冰雪聰明的印象。

裝備是純白的披風，以及纏繞著金翼裝飾的靴型涼鞋。從披風中露出一部分的腰帶，上面掛著短劍(武器)以及好幾只皮套(holster)。

艾絲與她交換視線的同時——一面感到驚訝——明白到眼前的美女是什麼人。

（亞絲菲・阿爾・安朵美達……）

【荷米斯眷族】的領袖，歐拉麗不到五名的「神祕(稀有能力)」保有者之一。

別名【萬能者(Perseus)】，是稀世的魔道具製作者(Item Maker)。

她藉由發展能力「神祕」所發明的祕藥與道具不計其數。能阻絕詛咒(curse)與異常魔法(anti status)效果的魔藥(moly)、演奏的音色能吸引特定怪獸的豎琴(cithara)，甚至連艾絲隨身攜帶的不用墨水的羽毛筆，追本溯源，也是她所發明的。她的名聲跟都市內實力頂尖的第一級冒險者同等響亮，只是領域不同。

艾絲注視著亞絲菲時，被問到的露露妮說「應該是……」站了起來。

「……你們也接受了委託嗎？」

環視著亞絲菲、露露妮與周圍的冒險者，艾絲問道。

看他們每個人之間的距離感，以及散發出來的氣質，應該是同一個派系內的團員。對於她的詢問，想必比艾絲年長的亞絲菲，邊嘆氣邊回答「是呀」。

「這隻見錢眼開的笨狗，給整個【眷族】惹來了大麻煩。」

「亞、亞絲菲～」

毫不留情的指責讓露露妮哀叫出聲。

艾絲目光轉向露露妮，她表情尷尬地將事情原委說給艾絲聽。

「我想【劍姬】妳應該也見過那個人了……就在幾天前，那個穿黑袍的人出現，希望我幫助他。一開始我說『我受夠了』回絕了他，可是……」

露露妮說自從里維拉鎮那場騷動以來，黑衣人消聲匿跡了一陣子，最近又來與她做接觸。黑衣人又挑露露妮一個人的時候來找她，她想到上次送貨送到差點沒命，本來說什麼也不肯答應，可是……

見露露妮開始變得吞吞吐吐，亞絲菲搶著說下去：

「對方似乎威脅她，要把她謊報Ｌｖ．的事宣揚出去。」

「……」

「結果還連累到我們……」

艾絲完全明白了他們的狀況，露出難以言喻的表情。

上次向露露妮問話時，她說【荷米斯眷族】這個派系在主神的命令下，很多團員都謊報了原本的Ｌｖ．。因為一旦實力被揭穿，就很難維持主神所希望的「不愛搶風頭，以中立自居」的態度。

而且一旦派系戰力曝光，【眷族】的階級——等級(rank)也很可能一口氣上升，同時繳給管理機構(公會)

的稅金也會暴增。不管他們有何打算，【荷米斯眷族】的現況(所作所為)就是逃稅，要是被公會知道，肯定得支付一大筆罰金，或是接受一些懲罰。

被人抓到把柄的露露妮無計可施，只能聽從黑衣人的指示，把派系成員都捲進來，接受這次的委託。

「這個笨蛋！蠢材！管人家威脅妳什麼，裝傻裝到底不就成了！妳這樣還算是盜賊嗎！」

「嗚嗚～原諒我嘛～」

發飆的亞絲菲，罵得露露妮的獸耳與尾巴都垂了下去。連周圍為了替她收爛攤子而集合的同仁們，也都冷眼瞪著她。

「光是應付主神(荷米斯神)的任性就夠我累的了，還惹上這種麻煩事……！」

團長(亞絲菲)氣呼呼地念念有詞的臉上，也流露出被天神耍得團團轉的人特有的疲勞。

「那個……關於今後的，事情……」

「……抱歉，讓您見笑了。」

艾絲客氣地問了一下，亞絲菲先是閉起眼睛，然後重新戴好眼鏡。

她繃起表情，將話題拉回眼下必須處理的冒險者委託。

「容我確認一下委託內容，目的地是第24層的糧食庫，我們要調查怪獸暴增的原因，並加以排除，沒錯吧？」

「是。」

「那麼接著，我先將我們這邊的戰力告訴您。包括我在內總共十五人，全部都是【荷米斯眷族】的人，能力多半是Lv．3。」

艾絲等人互相核對委託內容，並確認雙方的戰力。

除此之外，也互相交換手邊有的武器與道具、前鋒與後衛的分擔等探索迷宮時的最基本情報。

雖然僅只這麼一次，艾絲畢竟還是得將自己的背後交給亞絲菲他們。

男女混雜的冒險者們親切地來找艾絲打招呼，艾絲也一一回應。

「事已至此，也沒辦法了。所有人要全力以赴，處理委託。尤其是露露妮，妳可要賣命幹活喔。」

「知道了啦……」

周圍所有人點頭回應團長的喊話，露露妮也有氣無力地回答。

最後，亞絲菲轉向艾絲。

「有【劍姬】您一起同行，就像吃了顆定心丸。雖然只是短期組隊，但還是請您多多指教。」

「請多多指教。」

亞絲菲露出笑容，艾絲也回以小小微笑。

對方向艾絲伸出手來，兩人握了手。

接受同一份冒險者委託的人，與其他派系的共同戰線。

艾絲臨時加入了【荷米斯眷族】的小隊。

「不過，請您千萬別把我們的事說出去。」

「啊，好的。」

被叮囑著不要把【眷族】的實情洩漏出去，艾絲與亞絲菲等人一起離開了「黃金地窖亭」。

在里維拉鎮上做了最後補給，一行人往第24層前進。

「費爾斯。」

祭壇響起沉重渾厚的聲音。

在讓人聯想到古代神殿最深處的石砌大廳，四把豔紅火炬劃破了填滿周遭的深沉黑暗。

這裡是設置於公會本部地下的主神（烏拉諾斯）祈禱廳。

身穿長袍與連衣帽的魁梧主神，坐在祭壇中央的神座上。在火星飛舞的火炬圍繞下，烏拉諾斯將他蒼色的眼睛，朝向黑衣人費爾斯。

「你為何向【劍姬】提出了委託？」

從艾絲接下調查第24層的冒險者委託算起，已經過了幾個小時。費爾斯辦完了該辦的事，回到這座祭壇來之後，不動如山的老神向他問道。

維持著不動與嚴肅姿態的他，語氣聽起來不像責問，比較接近確認。是費爾斯自己說過，無端招惹劍姬（艾絲）的主神洛基懷疑不是一件好事。烏拉諾斯想問他為什麼寧可冒這個險，也要跟艾絲接觸。

站在神座正面的黑衣人回答道：

「【劍姬】似乎對那顆『寶珠』做出了過剩的反應。」

費爾斯講起發出冒險者委託時，自己從露露妮那邊問出的情報。他因此得知艾絲在接過胎兒寶珠時反應之大，甚至差點昏倒。

烏拉諾斯一聽，眉毛微微動了一下。

「我是認為艾絲・華倫斯坦與寶珠有某些不解之緣，才會這樣做。也許這能成為解開寶珠之謎的線索。」

聽了費爾斯的想法，烏拉諾斯沉默不語，就像自己也在思考整件事情一樣，度過一段無語的時間。

「再說……」不久，注視著他的費爾斯接著說：

「第30層的糧食庫事件，我們勉強靠自己的力量解決了，但是讓同志（里德）他們受到了重大傷害，不能再讓他們承受更多負擔了。」

費爾斯提到在第30層——哈桑納得以撿回寶珠的原由。

受到黑暗堵塞的連衣帽底下，繼續傳出聲音。

「上次沒有守護者，但第30層的事一定讓對方變得相當神經質。為了預防各種意外狀況，包括【劍姬】在內，我已經準備了足夠的戰力。」

「守護者……那個馴獸師會出現嗎？」

「很有可能。」費爾斯回答，烏拉諾斯閉起雙眼。

「荷米斯那邊我會說清楚。」

「抱歉了，烏拉諾斯。」

【荷米斯眷族】跟艾絲一樣，也是被叫去處理冒險者委託，烏拉諾斯告訴費爾斯自己會負責處理他們那邊的問題。懷抱著將眾多冒險者捲入危險事件的罪惡感，費爾斯抬起頭來。

「雖然對【劍姬】他們過意不去，但我們不能繼續放任那些人為所欲為。」

黑衣人像是要顯示自己的覺悟，斷然決然地說。

這是個寬廣的大洞。

遠離地表的地下城深處，位於中層區域的樓層最深地帶。

潮溼的空氣與惡臭四處飄散。

這既非怪獸們的體臭，也不是血腥味。是一種就算被扔進怪物（龍）肚子裡也一定沒機會聞到，好像肉類腐敗時——會引來昆蟲的腐臭。

充斥著屍體般惡臭的這一帶，雖然是地下城中的一個角落，冒險者卻聽不到愚昧凶暴的怪獸吼叫。簡直像從地下城分割開來，與迷宮的噪音毫無瓜葛。

恐怖的寂靜中，斷續響起人群不停移動的複數跫音、某種東西蠢動的聲音，以及低沉的破鑼般叫聲。

陰暗的空間，被有如血色的紅光照亮。

「……」

受到紅光燒灼的側臉，「沙」一聲，咬了口奇怪色彩的果實。

在地面伸長的影子，由擁有美豔肢體與豐滿雙峰的女性身軀所形成。

眼光犀利的雙瞳呈現綠色。額頭的瀏海——與光線顏色一樣的紅髮，搖動了一下。

此人正是艾絲等人稱為女馴獸師的紅髮女子。

她立起一邊膝蓋坐在地上，動也不動。

「——喂！地下城裡滿是怪獸，在冒險者之間引起騷動了，不會有問題嗎!?」

來者是個以大件長袍遮住上半身的男人。他戴著覆蓋到嘴邊的頭巾，頭巾上再裝備護額，遮住了臉。

對於大聲嚷嚷的男人，女子回以冷淡的反應。

「吵死了，不要叫。」

她「呸」一聲吐出吃過的渣滓，捏爛了本來吃著的果實。

爆開的果肉四處飛散，有如壓爛的腦髓。

「我借你食人花（violas），那群小角色你自己想辦法解決。」

見女人看都不看自己一眼，講話絲毫不近人情，對方嘖了一聲，轉身就走。

等戴頭巾的男人消失在薄暗深處後，這次換成另一個人影現身。

被紅光照亮的，是個全身白色裝束的男性。

「竟然被冒險者們察覺，運氣真差啊。」

這人頭部戴著以怪獸白骨（掉落道具）做成的頭盔。一身打扮看不出相貌，更讓人覺得陰森可怖。高大的身軀沒裝備任何武器。

紅髮女子瞥了他一眼，男人停下腳步，問道：

「放著不管無所謂嗎，芮薇絲？」

紅髮女子——被喚做芮薇絲的她，隨即將視線轉回前方。

「冒險者察覺到再多，都不干我的事。」

「妳打算把這事塞給黑暗派系（Evils）？」

「沒錯，我不會離開這裡。」

芮薇絲興趣缺缺地望著在薄暗深處行動的無數人影。

站在芮薇絲身旁俯視著她的男人，這時加重了語氣。

「要是像第30層那樣，有人來抓『她』怎麼辦？」

只聽見「怦咚」一聲，紅色光源搖動了。

「地表的一些人，恐怕已經察覺我們的行動了喔？」

男人擔心地表會派出精銳襲擊此地，相較之下……

芮薇絲簡短地告訴他：

「來幾個殺幾個。」

三章

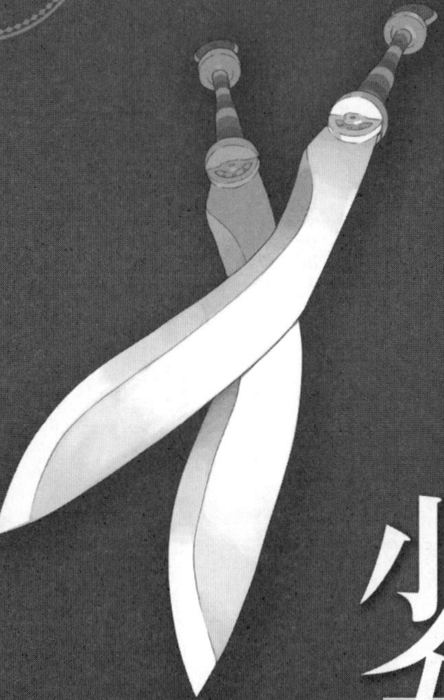

美醜的少女

Гэта казка іншага сям'і.

Прыгажосць або пачварнасць дзяўчыны

氣氛這麼僵的小隊，也許自己還是第一次遇到。

蕾菲亞做如是想。

「……今、今天天氣真好呢——」

「第18層哪來什麼屁天氣啊。」

「……」

蕾菲亞強顏歡笑勉強找的話題，伯特好像覺得無聊透頂，理都不理她。與兩人拉開一步距離的菲兒葳絲也只是保持沉默。

「嗚……」緊繃的小隊氣氛，讓蕾菲亞垂頭喪氣。

地點在第18層，也就是安全樓層。為了追趕艾絲，蕾菲亞等人從總部黃昏館出發，短短幾小時就一路來到了這裡。

穿越連接樓層的洞窟，一行人此時正在樓層南部的森林中前進。現在只是加快腳步用走的，算是當作休息。之所以這樣做，是顧及小隊裡始終走在前頭的第一級冒險者伯特速度太快，讓蕾菲亞快要累倒——不過被伯特嘖了一聲就是——

清涼的草木香氣與潺潺流水聲傳來，各處生長的藍水晶發出柔光，將樹木與樹葉照成了藍色。第18層幻想般的森林總是讓蕾菲亞想起精靈故鄉，但此時也無法安撫她的心。

就連蕾菲亞到現在都還有點怕的——在各方面都絲毫不留情面的——伯特一點友善的表現都沒有，始終保持緘默的菲兒葳絲也絲毫無意與兩人交流。而被迫夾在兩人之間的蕾菲亞則是派不上一點用場。

從出發到現在，小隊一直籠罩著讓她坐立難安的氣氛。

（雖然有這種感覺的，或許只有我而已……）

想不到一句話都講不上，竟然是這麼寂寞的一件事。蕾菲亞平常都是跟蒂奧娜那些活潑開朗的人組隊，此時有了深切的體悟。她好懷念亞馬遜少女天真爛漫的聲音。

她心中為難之餘，偷瞧了一眼身旁的人。

黑亮長髮與赤緋雙瞳，美麗的五官英氣凜然，年紀應該比蕾菲亞大。

既細且尖的耳朵是同族的證明。

（菲兒葳絲小姐啊……）

幫助兩人追趕艾絲的精靈冒險者，與蕾菲亞他們之間築起了一道心牆。雖然她被扔進其他派系的小隊，這樣做也許是理所當然的。

她不發一語，經常保持距離，人家叫她也不理。蕾菲亞好幾次找她講話，但都被她當作沒聽見。由於她的態度實在太徹底，蕾菲亞甚至懷疑自己被她討厭了。

從她身上，可以感覺到精靈常有的，有點難親近的印象。

（可是……）

來到這裡的一路上，她總是不動聲色地，保護著身為魔導士的蕾菲亞。

由於三人是急行軍，不能被「魔法」拖慢了腳步，因此蕾菲亞只能用杖術拚命應戰。而菲兒葳絲總是從她身邊先摘除奇襲的可能性，除去危險，就好像在關心蕾菲亞一樣。

蕾菲亞清楚地明白到，她不是壞人。

「菲、菲兒葳絲小姐，剛才真的很謝謝您！」

蕾菲亞下定決心，再一次出聲叫她。

這也關係到今後的事，再繼續往更深的樓層前進，也許會遇到不能硬闖、必須聯手行動的場面。

最重要的是，她是自己的同胞。蕾菲亞身為同伴意識特別重的精靈，很想設法與菲兒葳絲增進友誼，一而再、再而三地找菲兒葳絲講話。

「謝謝您幫我對付彌諾陶洛斯……其實我不太擅長應付那種怪獸……」

「……」

「菲兒葳絲小姐是前鋒職業嗎？看您除了短劍之外，還帶著法杖。」

「……」

「該不會是魔法劍士吧？如、如果是的話，那真是太讓我崇拜了！」

「……」

「啊、啊哈哈哈…………您、您的興趣是什麼啊？」

蕾菲亞講到最後，不得已亂問了一個問題，但還是老樣子，沒有回答。菲兒葳絲只是看著前方，一語不發地走著。

蕾菲亞差點變得灰心，但她就近看過了冒險者前輩（艾絲他們）不屈不撓的英姿，告訴自己「這算什麼！不可以這樣就氣餒！」，屢挫不餒、耐心十足地繼續找她講話。

「吵不吵啊，聽得我煩死了。」

這時，伯特厭煩地開口說道。

接著他又用鼻子嗤笑。

「派不上用場，別理她就好啦，幹嘛一定要相親相愛的啊。」

菲兒葳絲狠狠瞪了故意講給她們聽的狼人青年一眼。

眼見氣氛變得險惡，蕾菲亞實在沒轍了，只覺得好想哭。

兩人的關係毫無改善，跟他這種愛找人吵架的態度絕對有關係。

「我也沒打算跟你裝熟，下賤的狼人。」

「哦，我還以為妳是啞巴咧，陰險的精靈。妳就照這樣對怪獸唱魔法（歌）好啦。」

兩人你一言我一語地吵起來，在水晶森林中迴盪。某處還傳來怪物（怪獸）的遠吠。

當蕾菲亞的心神越來越勞累時，菲兒葳絲一個人加快了腳步。好像嫌浪費時間似的，往森林前方通往第19層的樓層中央走去。

「喂，蠢貨，又不知道艾絲人在哪裡，先去里維拉鎮啦。」

伯特對著她的背後喊道「要先收集情報」。

他一副受不了菲兒葳絲的樣子，伸出手，要去抓她的衣領——下個瞬間。

少女的身體迅疾地一翻，拔劍，寒芒刀鋒霍然揮出。

「——不許碰我!!」

尖銳的金鐵聲在四下迴盪。

在呆站原地的蕾菲亞面前，菲兒葳絲的短劍被打掉了。

伯特用裝在手臂上的護手，毫無困難地彈開了這記揮砍。

「啊？」

伯特放下還在振盪的銀色護手，渾身散發出殺氣。突如其來遭到攻擊，使他臉頰上的刺青因怒火而歪扭。

看到氣氛一觸即發，蕾菲亞趕緊介入。

「伯、伯特先生！請等一下！」

她張開雙臂用背擋著菲兒葳絲，替她辯解：

「我們同胞（精靈）的習俗，是不准其他種族碰觸我們的肌膚的！所以那個，她只是不假思索就……！」

那是精靈特有的文化，也是習性。

正確來說是「只讓認同的對象觸碰自己的肌膚」。

一般認為這種習性，來自於高傲而自尊心強的種族性情。這種習俗會依地區而有所差別——也有同族對這種習俗抱持疑問——因此並非所有精靈都敏感排斥肌膚接觸。

蕾菲亞的故鄉是深邃森林的中途地點，已經開放做為旅行要地，因此這項習俗沒有那麼根深蒂固。她本身小時候，跟其他種族的交流機會也算比較多，沒有偏見，甚至還很嚮往外面的世界。

蕾菲亞努力地不斷解釋。

她也覺得弄到要拔劍太誇張了，但還是拚命幫菲兒葳絲說話。

看到晚輩這個樣子，伯特似乎氣也氣不起來，不屑地呸了一口。

「就算是這樣，反應也太過度了吧，是不是哪裡有毛病啊。」

他對反應比一般精靈更激烈的菲兒葳絲咒罵了一句。

伯特轉身背對蕾菲亞她們，往里維拉鎮座落的樓層西部前進。

「……」

森林陷入一片寂靜，彷彿在肯定青年拋下的最後一句話。

蕾菲亞尷尬地回過頭去，只見菲兒葳絲閉口不語，低著頭。

◆

蕾菲亞等人進入了「里維拉鎮」。

他們要在這個冒險者熙來攘往的下層探索據點，打聽艾絲去了哪裡。總部收到的艾絲親筆信上，只簡潔地寫著「我接受了冒險者委託，要前往第24層」，沒寫出具體要前往的地點。

蕾菲亞他們聽洛基說，冒險者委託的目的應該是調查怪獸暴增的原因，於是三人分頭奔波收集情報，主要打聽有沒有人看到艾絲。

「【劍姬】？喔，有看到啊。」

「真、真的嗎!?」

「我不會看錯，她跟戴著連衣帽的一群怪傢伙走在一起。他們人還挺多的。」

蕾菲亞在亞馬遜女老闆顧店的收購站駐足。

她打聽到艾絲的確來過這個城鎮，並且與隱藏真面目的集團(小隊)一同行動。

「有沒有看到跟【劍姬】一起的人長什麼樣子？」

「嗯——沒看清楚耶。這個鎮上可疑分子多的是，從來沒想過要去知道他們是誰。」

「字據呢？他們應該有在這裡買點什麼吧？」

「全都由【劍姬】買單了，用的是【洛基眷族】的徽章。」

菲兒葳絲跑遍鎮上各家商店打聽。

她已經問到艾絲等人買東西出手大方，但還是沒問出與艾絲同行的神祕集團究竟是何許人也。

能知道購買者所屬派系的字據，好像也統統是由艾絲代墊，其他商店則是用「魔石」等物品代替金錢做交易。

「你不知道那些怪獸是從哪裡冒出來的嗎？」

「呃，是。只知道第24層的正規路線都被牠們擠滿了……但畢竟數量太多，實在沒辦法去追查牠們來自哪裡……」

「真是群沒用的傢伙。」

「實、實在沒面子……」

伯特一腳踹開酒館的門，從一群害怕的冒險者口中，問出鎮上流傳的怪獸暴增的情報。

之所以問這些，是因為他本以為只要前往暴增的來源，自然就能與艾絲等人會合，然而聽他們說，似乎因為怪獸數量太多，沒人能去行列（parade）的源頭一探究竟。據說就連Ｌｖ．３的第二級冒險者看到那個規模，都會嚇得落荒而逃。大家都知道現在公會已經派出討伐隊，因此目前大多數小隊都選擇在里維拉鎮上等待。

聽到酒館的冒險者們怨嘆道「偏偏在這種時候，高級派系的小隊一支都不來」，伯特把他們罵到自己都想吐。他說：「你們這種只會抱別人大腿的垃圾，還不如早早退出冒險者這一行吧！」扔下酒館裡被罵到抬不起頭來的冒險者們，他又繞遍了其他每一家店。

「沒能得到詳細的情報呢……」

不久，分頭打聽消息的蕾菲亞等人，在鎮上廣場暫且碰頭。

三人互相交換獲得的情報，但艾絲等人的目的地依然不得而知。畢竟是第一級冒險者（名人），看到【劍姬】的人很多，但就是問不到像樣的線索。

不過，他們得知艾絲等人買下了大量的備用武器與靈藥（potion）等道具。應該是為了應付大量出現的怪獸——預料到會有長期戰鬥而做的準備吧。看來艾絲與神祕集團是為了調查異常狀況而前往第

24層，這點是錯不了了。
又聽說艾絲等人是在幾小時前離開城鎮，只要能查到他們的目的地，現在追上去還來得及。
「要是能再問到點什麼就好了……」
蕾菲亞在伯特與菲兒葳絲的身旁環顧周圍。
他們目前的所在位置，是位於城鎮中心的水晶廣場。中央有著藍白雙色的巨大雙子水晶，並且設置了告知樓層時段的巨大沙漏。目前第18層正值「白晝」，落下的沙子堆得高高的。雖然廣場上還留下一些碎裂折斷的木材或看板等遭受食人花襲擊的傷痕，不過幾乎都已經恢復原形了。樓層天頂上綻放的大朵水晶，俯視著廣場上來來往往的冒險者們。
「去過大塊頭那裡了沒？」
咦？被伯特一問，蕾菲亞轉過頭來。
蕾菲亞不知道大塊頭指的是誰，一臉不解，伯特沒勁地繼續說：
「就是在這個鎮上作威作福的，那個戴眼罩的大塊頭啦。」
「啊啊！」聽他這樣說，蕾菲亞也會過意來。
「有啊，【劍姬】有到本大爺這裡來過。」
蕾菲亞等人前來拜訪經營鎮上最大收購站的柏斯・埃爾德。
他左眼戴著眼罩，生了一張比任何人都凶惡的壞人臉，體格結實強壯，可說是體現了「冒險者＝暴徒」公式的人物。同時他也是Ｌｖ．３，實力是貨真價實的。

他同時也是里維拉鎮的老大，情報網很廣。蕾菲亞等人就是想仰賴他的情報網，才會來拜訪他。

柏斯坐在收購站小屋前的椅子上，正在仔細擦亮他的棍棒與斧頭等武器。

「她要我幫她保管一只盾牌，還要我千萬別搞丟，真難得看到她這樣再三叮嚀。」

「盾牌……？」

在「里維拉鎮」上有倉庫，可以暫時保管冒險者的裝備。

冒險者不用將占據行囊空間的備用武器帶回地上，只要收進倉庫，下次探索時再領出來用就好。

柏斯擁有鎮上的這樣一座倉庫，用來大賺橫財。在小屋深處的洞窟，遠遠都能看到裡面隨處放了些詭異的鐮刀與大型破碎弓。

「對啊，就是這個。」

柏斯拿出艾絲交給他保管的防具，給偏著頭的蕾菲亞看。

這是個帶有綠寶石光澤的護具，表面似乎被什麼刮到過，變得坑坑巴巴。

雖然很漂亮，但不足以讓高級冒險者裝備。就連蕾菲亞的眼光來看，都覺得性能太差了，簡直就是初級冒險者的裝備品。

艾絲小姐怎麼會有這種東西呢……蕾菲亞產生疑問之餘，抬起頭來。

「那個，艾絲小姐有沒有說什麼？我們想知道艾絲小姐去了哪裡……」

「嗯～【劍姬】去了哪裡啊……」

人類大漢站起來俯視著蕾菲亞，一隻手摩娑著岩石似的下巴。

而且還露出不懷好意、吊人胃口的笑容。

「只要能聽到本大爺最喜歡的錢幣的聲音，說不定本大爺能想起些什麼喔～？」

「…………」

聽到對方擺明了要索情報費，蕾菲亞表情抽搐起來。

「——快給我吐出來，王八蛋。」

「啊，對不起，我說，饒了我。」

伯特一抓住衣服耍狠，柏斯馬上就屈服了。

蕾菲亞正在對他變臉變得之快冒汗時，他坦白說出了自己知道的事。

「與【劍姬】混在一起的那些傢伙，好像買了些聲東擊西用的血肉（陷阱道具）與偽裝布（camouflage）。」

「您說的血肉，就是用來吸引怪獸的那個……？這麼說來，艾絲小姐等人前往的地點是……」

「糧食庫嗎。」

伯特接在蕾菲亞後面說。

血肉會刺激怪獸的食慾，將怪獸吸引到放置血肉的地點。偽裝布可以選購配合樓層的特定色彩，與迷宮景觀合而為一，欺騙怪獸的眼睛。前往整個樓層的怪獸容易聚集的糧食庫——為怪獸提供營養的地下城給養空間——時，經常會用到這兩種道具，以避免與大量怪獸戰鬥。

蕾菲亞他們早已知道艾絲等人要前往哪個樓層，這下終於知道目的地是哪裡了。

菲兒葳絲覺得已經沒必要留在這裡，離開了小屋前，伯特也轉身離去。「混帳東西……」被他放開的柏斯按著脖子低聲呻吟。

「那個混帳，竟敢騎到我頭上來了。【洛基眷族】當中，我最度爛那個狼人了。喂，千之精靈（Thousand），我給妳錢，妳去扁他。」

「辦不到……」

柏斯對蕾菲亞耳語，她堅持拒絕。

怎麼想都只會反遭一頓痛打，蕾菲亞可不想提早進棺材。

「對了……」

不久，柏斯揚起脖子。

他看向伯特離去的方向，菲兒葳絲一個人站在更前面的地方。

「你們在跟『報喪精靈（banshee）』組隊嗎？」

「咦？」

蕾菲亞回過頭來，柏斯看她好像不知情，皺起眉頭。

「『報喪精靈』……是菲兒葳絲小姐的綽號嗎？」

「不……是冒險者（我們）自己這樣叫的，那個精靈另外有正式綽號。」

冒險者擅自起的另一個外號。

還有「報喪精靈」所帶有的不祥餘韻。

蕾菲亞心中一陣悚然，遲疑片刻後，才戰戰兢兢地問：

「菲兒葳絲小姐，發生過什麼事嗎……？」

蕾菲亞抬頭看向身旁的柏斯，他瞥了一眼菲兒葳絲那邊，然後說起關於她的事。

「跟那個精靈組隊的傢伙……統統都死了。」

「!?」

「就剩那傢伙一個人。無論是自家派系（自己人）也好，其他派系（外人）也好，全都無一倖免。」

蕾菲亞感到一種心臟被直接抓住的衝擊。

她正說不出話來時，伯特晃動了一下獸耳，也停下腳步轉過身來。

「妳知道六年前發生的『第27層的噩夢』嗎？」

「有、有聽人講過……說是有許多冒險者死於那場事故。」

「對，沒錯。那時候黑暗派系還有幾個人苟延殘喘，他們在第27層陷害了有力派系的小隊，一次將所有人趕盡殺絕。」

黑暗派系。在蕾菲亞加入【洛基眷族】時，這個集團已經被撲滅了，但她還是聽說過好幾次他們的惡劣名聲。

有人說，他們是反對秩序的一群人。

有人說，他們是冀求混沌的邪神們率領的偏激集團。

他們是公會宣布斬草除根，與許多【眷族】共同消滅的「邪惡」使徒。

而在黑暗派系一再重複的多數惡行當中，據說最令人髮指的就是「第27層的噩夢」。

他們故意洩漏地下城當中有可疑動靜的情報，將無數的冒險者小隊引誘到第27層的某個區域。然後黑暗派系全員出動，捨命實行了自殺式的「怪物奉送」。

不只是整個樓層的怪獸，甚至連樓層主都被捲進來，敵我雙方陷入混戰，現場有如人間地獄。當其他冒險者晚了一步抵達時，只見一片吸飽鮮血的紅黑色塵土沙漠、數不清的血海屍山，以及吞食咀嚼屍體的大量怪獸。遭到襲擊的冒險者們似乎四處逃竄，在第27層的每個角落都能看到相同的慘狀。

這場公會麾下的有力派系與黑暗派系，雙方都造成了無數死傷的事件被稱為「噩夢」，一直流傳到今天。

「菲兒葳絲・夏利亞，是那場事件的少數倖存者之一。」

望著站在遠處廣場的菲兒葳絲，柏斯說道：

「她似乎是死裡逃生，好不容易才回到這個鎮上……當時的她，臉色就像死人一樣。」

他似乎在回想自己當年目睹的光景，瞇起了眼睛。

「有人失去了夥伴，有人成了殘廢……我看過很多冒險者，但還是第一次看到臉色那麼糟的人。」

破爛的衣服，染血的黑髮。

面無血色的相貌。

誰都不願意靠近拖著身軀緩慢步行的她。

就像是在尋覓死去的同伴，又彷彿自己才是活著的死人。

據說少女就這樣，在鎮上到處徬徨。

「然後呢，從那天起她簡直像被詛咒了似的，只要是跟她扯上關係的小隊，遲早都會翹辮子。」

「……！」

「冒險者（我們）也很清楚，人要落魄時就會一路落魄下去，可是……因為實在太不吉利了，所以風聲擴散得也很快，說跟那個精靈組隊會沒命。」

據他所說，那場事件之後，菲兒葳絲勉強振作起來，但她的身邊始終不斷發生悲劇。

有時候是小隊判斷錯誤，有時候是碰上異常狀況，有時候是同伴鬩牆。

總共四次，與菲兒葳絲一起行動的小隊全數罹難。

每次都只留下她一個人。

「然後就像我剛才說的，有些人開始用外號叫她，也有很多人把她當成掃把星。」

咒殺小隊的精靈（elf）——「報喪精靈（banshee）」。

他們認為是自「噩夢」那天起就不停悲嘆的精靈哀慟的哭聲（吶喊），喚來了犧牲者與新的「死亡」。

冒險者們從此忌諱、厭惡這個好似被死神（惡魔）迷住的少女。

就連自家派系【狄俄尼索斯眷族】的團員，都不知道該如何與她這個領袖相處，對她敬而遠之。

在同行之間引人側目的菲兒葳絲・夏利亞，如今已是里維拉鎮上有名的專門單獨探索的冒險者。

「不過本人應該很受不了這項風評吧……唉，總之你們當心點吧。」

柏斯聳聳肩提出忠告後，就回到小屋裡去。

蕾菲亞呆站原地，跟聽完整件事情的伯特，一起看著背對兩人的菲兒葳絲的側臉。她站在廣場欄杆附近，佇立於懸崖旁，那雙赤緋眼瞳，彷彿注視著遠方某處。

蕾菲亞心想。

當時在那場「噩夢」中失去同伴的她，內心會有多麼痛苦？

柏斯說當時的她，就像面無血色的死者。

正因為是自尊心強的精靈，痛苦也就更加劇烈……對同伴見死不救，一個人苟且偷生，是否讓菲兒葳絲對自己感到羞恥、絕望？

——不許碰我!!

同樣身為精靈的蕾菲亞，只是想像自己站在相同的立場，就不禁渾身顫抖，並且深有同感。

那個過剩的反應，說不定是因為她害怕自己的不幸。

如果接連降臨己身的不幸事件，讓她的身心都受到孤立的話……

如果是她認為自己沒能拯救許多冒險者，眼看著他們喪命，而把自己逼進了孤獨境地的話……

雖然這些都只是揣測，卻幾乎壓垮了蕾菲亞的心。

成為一具空殼的菲兒葳絲的臉，以及連同伴(眷族)都與她保持距離，孤獨一人的身影，化為想像閃過腦海。蕾菲亞覺得胸口一緊，跟在向前走去的伯特身後。

走到在廣場等候的菲兒葳絲身邊時，她慢慢轉過頭來。

如今蕾菲亞知道了對方的過去，不知該說些什麼才好。

正當蕾菲亞困惑著走過去時，伯特突然用上半身逼近菲兒葳絲，揚起嘴角。

「我不知道詳細情況是怎樣，簡而言之就是妳拋下了同伴，恬不知恥地苟活著是吧。真是難看。」

在本人與一旁張口結舌的蕾菲亞面前，他發出嘲笑。

「妳怎麼還有臉幹冒險者啊，乾脆那時候死一死不是最好嗎？」

「伯特先生!!」

這些話等於是在挖少女的舊傷。蕾菲亞氣憤不已，覺得伯特怎麼連這種時候都要欺負弱小……

然而菲兒葳絲本人卻沒回嘴。

原本爭吵不休的態度消失了，只是露出平靜的微笑。

「你說的沒錯。」

那笑容一點都不適合她美麗的容顏，帶有自嘲與自我傷害。

「那一天，我沒能跟眷族的前輩（同伴）共赴黃泉，就這樣活著丟人現眼，說有多難看就有多難看。」

菲兒葳絲承認自己對同伴見死不救。

她對著停住不動的伯特與蕾菲亞繼續說：

「傳聞你們都聽到了吧？怎麼樣，要在這裡分道揚鑣嗎？搞不好連你們都會被我害死喔。」

對於她這番自虐般的威脅口氣。

伯特歪扭著眼角，嘖了一聲。

「妳這種人最讓我火大，一副什麼都看開了的樣子。」

他唾棄地說完，一個人往廣場外走去，拋下菲兒葳絲與蕾菲亞，就像對她已經無話可說。

剩下蕾菲亞與菲兒葳絲兩個人。

冒險者們快活的喧囂包圍著她倆。不知從何處傳來弦樂器的音色，或許是鎮上居民彈奏著好玩的吧。從天頂灑下的水晶光，照亮著濃金色髮絲與黑亮長髮。

彷彿與人聲鼎沸的周遭隔絕開來，兩人之間交換著沉默。

就在蕾菲亞遲遲無法開口時……菲兒葳絲沒有看著她，啟唇說道：

「蕾菲亞．維里迪斯……千萬不要對我產生感情，不准靠近我。」

第一次聽到她叫自己的名字，讓蕾菲亞肩膀一震。

菲兒葳絲規勸著蕾菲亞，像是在警告一路上關照自己的她，又像是拒絕她的溫柔。

「我已經滿身汙穢。」

然後，她彷彿徹底領悟到了什麼，柔弱地微笑。

「我不想玷汙同胞。」

她斬釘截鐵地告訴瞠目結舌的蕾菲亞。

菲兒葳絲拋下這句精靈不該說的話，立刻就想走開。

看到她冷淡地轉身背對蕾菲亞，明白表示出拒絕之意，佇立不動的蕾菲亞——睜裂了眼角。

她不假思索地伸出手臂，也不怕遭到反擊，一把抓住了菲兒葳絲的手腕。

「誰說妳髒了!!」

接著，真誠無偽的叫喊，撞進了精靈細長的耳朵裡。

這次換菲兒葳絲瞠目結舌了。

回頭一看，緊盯著自己的蔚藍眼瞳以及對自己說的話，讓她睜大了雙眼……但遲了一拍之後，她猛然回過神來，甩開了蕾菲亞的手。

菲兒葳絲按著手腕後退，看起來似乎相當驚慌。

她好像自己都很驚訝沒有馬上甩開手，低頭看著被蕾菲亞握過的右手。

「您比我美麗、溫柔得多了！」

蕾菲亞繼續拚命解釋。

這不是同情也不是安慰，更不是講好聽話，而是真心感受。

「滿身汙穢」這句侮辱（話）引爆了蕾菲亞的怒火。這樣做不啻是在羞辱一路上以言行關心同胞（蕾菲亞）的少女，就算做出這種事的是她本人，蕾菲亞也無法忍受。即使在蕾菲亞的內心深處，也有著身為精靈堅定不移的驕傲，以及對同胞的友誼，激發了無法以理論解釋的感情。

最重要的是，蕾菲亞無法坐視眼前的少女把自己逼進孤獨境地。

當蕾菲亞的心意化為強硬話語傳進耳裡時，原本狼狽的菲兒葳絲，一雙赤緋眼瞳狠狠瞪著她。

她用流露出怒氣的聲音，當著蕾菲亞的面斥罵道：

「妳懂什麼！不許妳隨便亂講！我跟妳認識才沒多久，妳知道我什麼？」

受到名為正論的反論，蕾菲亞一時語塞。

但她不能輸——於是憑著一股氣勢，反射性地回嘴道：

「我、我接下來會發現一大堆!!」

我是說妳的優點！她又補充說道。

「……」

「……」

菲兒葳絲愣住了。

蕾菲亞話講出口，也當場僵住了。

聽到同胞突如其來的奇怪回答，菲兒葳絲好像有點意外，愣在原地……最後噗哧一聲笑了出來。

她急忙用手遮住嘴巴，想隱藏忍俊不住的笑意，但是停不下來。

「呵呵。」最後她放棄忍耐，好像覺得很好笑似地指摘道：

「妳這什麼回答啊，根本答非所問嘛。」

「啊嗚……」

蕾菲亞也知道自己講話沒頭沒腦，臉紅了起來。

看到她這樣，菲兒葳絲更是笑得花枝亂顫。從她的櫻桃小口中，漏出鳥兒啾鳴般的輕細笑聲。

這也許是……

受到冒險者與同伴排擠的她，許久未曾展露的笑靨。

本來還在害臊的蕾菲亞，看到菲兒葳絲的笑容，也破顏而笑。

（雖然無法用言語解釋，不過……）

因為是同胞，所以蕾菲亞知道一件事。

那就是眼前的人物，擁有一顆高傲而美麗的心靈。

雖然兩人只交談過三言兩語，但蕾菲亞已經感覺到了。

「……妳真是個與眾不同的精靈。」

菲兒葳絲嘴角泛著笑意，平靜地說。

看到她散發的感覺不再那麼帶刺，蕾菲亞高興得不得了。

在地下藍天的籠罩下，她與少女同胞一起歡笑。

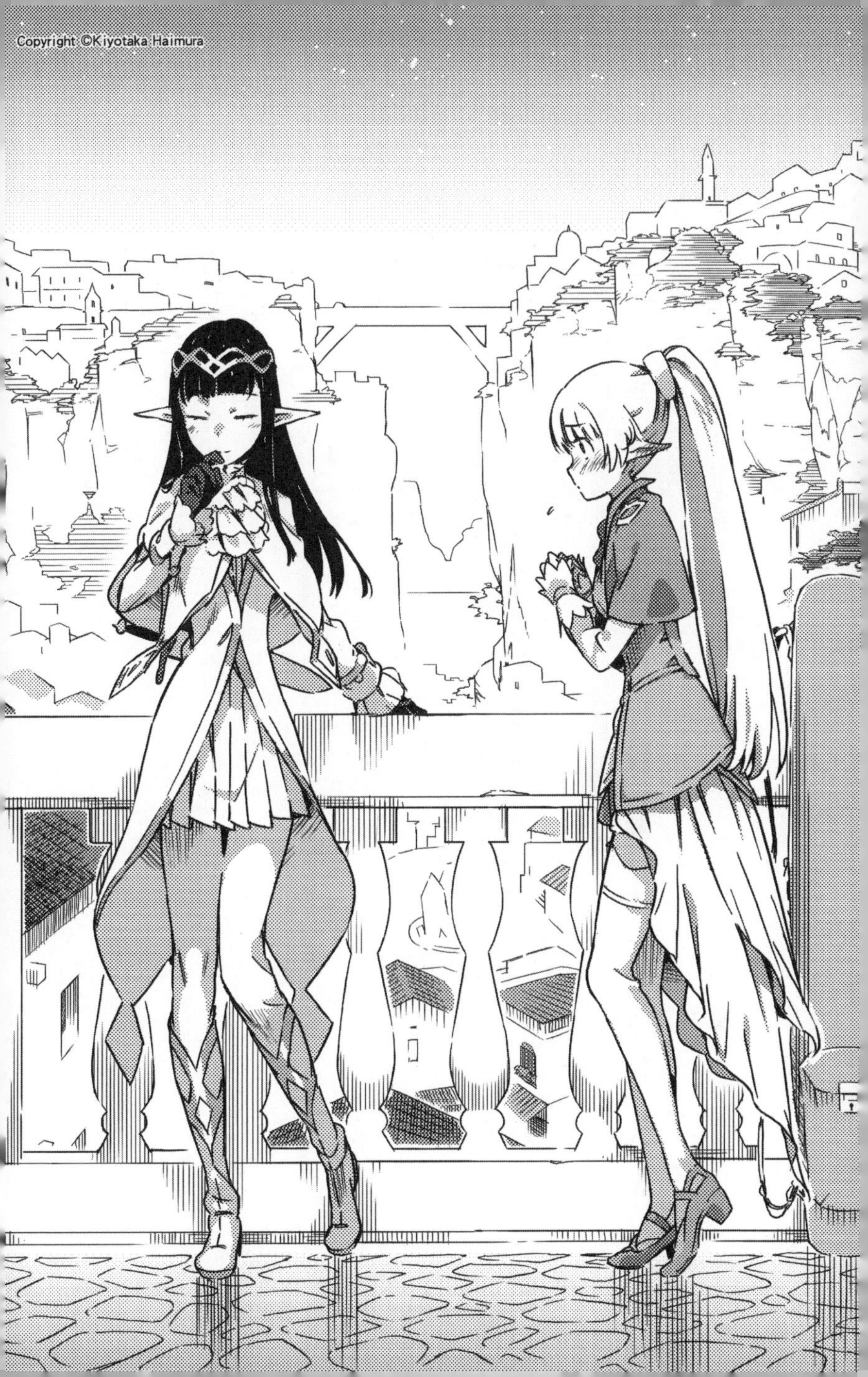

「——喂，妳們兩個笨精靈！快點給我過來！」
沒多久，伯特對她們罵道。
一看，伯特還站在廣場外頭等她們。
聽見他的呼喚，蕾菲亞與菲兒葳絲看看對方，點點頭，快步走到他身邊。
小隊成員沒有更動，三人小隊就這樣離開了里維拉鎮。

銀劍『絕望之劍』發出了風吼。
「喔喔喔——!?」
揮砍出的斜向一閃，砍斷了雄鹿怪獸——「劍角鹿」的劍角，並順勢將臉孔一刀兩斷。
怪獸的龐大身軀一個不穩，發出巨響倒在地下城的地上。
「咿呀～還是一樣好厲害喔～」
看到艾絲眨眼間奪去劍角鹿的性命，露露妮敬佩地說。
拎著武器的艾絲不敢大意，對周圍提高警戒，同時也看了看露露妮與她的同伴。臨時小隊的隊員們，剛好也解決了遇到的怪獸群。
通道放眼望去全部覆蓋著樹皮，還有亮著無數光點的苔蘚。驅散隨著樓層增加而越來越強的怪獸，艾絲等人踏進了目的地，也就是第24層。

與下層區域十分貼近的第24層，就連一條通道的寬廣程度，都是「上層」或至今的中層區域所不能比的。包括艾絲在內總數十六人的小隊可以盡情占用空間，悠閒地移動。

雖然相對地，每次遭遇的怪獸數量也大幅增加，不過露露妮他們【荷米斯眷族】解決起敵人得心應手。

「露露妮小姐你們，也很厲害呢……」

「叫我露露妮就可以了，我們年紀還滿接近的吧？」

她說自己十八歲，希望艾絲跟自己相處別那麼拘束。

艾絲點頭答應時，在她們的前方，小隊隊長亞絲菲正在指示大家前進。

一行人各自保持適度間距，開始在地下城當中前進。

「畢竟我們不是謊報Lv．當好玩的。我也就算了，別看亞絲菲與其他傢伙那樣裝傻，他們可都滿會打的喔。」

兩人並肩走在小隊的中間位置，繼續交談。

露露妮雖然這樣說，但她的身手與匕首刀法也相當了得。她畢竟自稱為盜賊，似乎不喜歡大打出手，但是很擅長擾亂怪獸，不時給予牠們的四肢一擊，從頭到尾徹底輔助同伴應戰。

（個人本領與聯手行動，也都很高明……）

【荷米斯眷族】的團員實力的確無可挑剔，就連裝備著背包的支援者都不例外。

縱橫揮舞大劍與大盾的虎人(weretiger)、挑在絕妙時機發射魔法的小人族、無論短弓(short bow)或手斧(hand axe)都能運用自如的精靈……回顧一路上進行過的戰鬥，他們的本事可說相當精湛。艾絲只有剛才跟劍角鹿交戰一次，其他都沒機會出場，就是最好的證據。

也許是反映出團長(亞絲菲)的個性，小隊分成前鋒、中衛與後衛，職責分擔得很清楚。其中尤其是亞絲菲率領的中衛特別強悍。包括游擊手(露露妮)在內，中衛的聯手攻擊與緊急對應非常迅速。由於有中衛穩住戰局，前鋒與後衛也才能放膽行動。

他們極力減少多餘行動，偏向重視效率，但的確很強。

以一支小隊的實力來說，很可能與【洛基眷族】的第一級冒險者(艾絲)等主力之外的中堅相等，或是更強。

這就是【荷米斯眷族】，看到至今從沒留意的派系的實際水準，艾絲只能感到佩服。

（尤其是……）

她偷看一眼披著純白披風、水色頭髮的女性。

雖然她只是做指示，自己沒進行幾場戰鬥，但她用起短劍實在犀利。

在這優秀的小隊之中，領袖亞絲菲的身手仍然顯得特別出色。

「嗯，妳很在意亞絲菲嗎？」

「……露露妮，亞絲菲小姐的Lv．是多少？」

艾絲湊到露露妮耳邊偷偷問她，「Lv．4啊。」她倒是回得乾脆。

艾絲一方面覺得正如自己所料，一方面從亞絲菲的打鬥方式，又覺得她還隱藏了些什麼。應該說她也不想讓艾絲看到，而故意藏了一手吧。

看來真的得重新考量對【荷米斯眷族】的評價了。艾絲心中悄悄地想。

為了當作參考，艾絲向露露妮問道：

「【眷族】的到達樓層呢？」

「第37層，不過怪獸實在強得要命，所以沒走太深就是。」

記得官方(公會)發表的【荷米斯眷族】到達樓層，應該是第19層。

已經將近一倍了。想不到他們竟然連「深層」都有所涉足，真是讓艾絲吃驚。

這時，艾絲忽然對一件事感到好奇，提出了疑問。

「你們鑽進那麼深的樓層，居然都沒被其他冒險者發現……？」

這麼多人一起探索迷宮，感覺應該會被其他冒險者注意到——這樣謊報Ｌｖ．的事不就曝光了嗎——艾絲正如此想的時候，露露妮露出了得意的表情。

「我們團長可是赫赫有名的那個【萬能者】喔?她有個十分厲害的魔道具，能夠讓任何人都看不見——」

「聊夠了吧，露露妮。」

亞絲菲打斷了露露妮的聲音。

眼鏡後面瞪著一雙冷眼，警告她少說兩句。

「對、對不起，亞絲菲。」

「真是……」

一時得意忘形的露露妮縮起了身子。

大嘴巴的盜賊讓亞絲菲不禁嘆氣，然後她走到艾絲身邊。

「【劍姬】，我想問您的坦率意見，您對這份委託有何看法？」

「……什麼意思？」

「關於里維拉鎮襲擊事件，大致上的經過我已經聽露露妮說了。執著於神祕寶珠的黑袍人提出的委託……您覺得這次的騷動是否也很危險？」

黑衣人在暗示怪獸的暴增，是關於「寶珠」的某些事情的前兆。

亞絲菲想問艾絲是否認為這次的冒險者委託具有危險性，足以與前一陣子差點毀滅里維拉鎮的事件匹敵。艾絲頓了一頓，點點頭。至少艾絲身為冒險者，認為這份冒險者委託絕不能樂觀視之。

看到她的反應，亞絲菲露出的表情，就像在忍著不嘆氣。

「真的被捲進麻煩事了……」

一旁聽著的露露妮似乎覺得臉上無光，不過亞絲菲也不再責怪她了，只是更加繃緊神經，以完成小隊隊長的職責。

艾絲等人一邊聯手行動，對付零散來襲的怪獸，一邊在第24層的正規路線上前進。

通過安全樓層第18層的中央樹，就會進入第19層到第24層的「大樹迷宮」層域。

樹皮形成的牆壁、天頂與地板恍如巨大樹木的內部。代替燐光發光的苔蘚無秩序地在迷宮中繁茂生長，放出藍光。

探索此處的冒險者，一路上將會看到呈現奇妙形狀與色彩的葉片、巨大蕈類，以及滴淌著銀色水滴的花卉等地上所沒有的豐富植物。造訪的每一間窟室(room)都有著不同景觀，甚至還有美麗的花園。

相較之下，出現的怪獸比至今的樓層更加千奇百怪，到了第24層，更是需要Lv．2最高水準的能力(能力值)，小隊的密度也不可或缺。

「哦，是白樹葉(white leaf)耶。亞絲菲，要不要摘點再走？」

「還是算了吧，去了只會被怪獸包圍。在處理委託之前，不要白費勞力。」

「現在白樹葉在所有道具店都缺貨，可以賣到好價錢耶……真可惜。」

從通道看到白大樹(white tree.)佇立在窟室深處，露露妮馬上有了反應，但被亞絲菲責備了兩句，只能依依不捨地搖搖尾巴。

這個樓層區域還有一項特色，就是常有冒險者委託指定收集此處的採集用原料(道具)。研究證實這裡的多種藥草直接食用，也具有速效性的回復體力或解毒效果，受到調配靈藥等道具的藥師們重視。就連形成迷宮光源的耀眼苔蘚，帶回地表都能換到不少錢。

當發現難得一見的寶石樹——結出美麗紅色或藍色寶石的果實，名符其實的搖錢樹——時，整支小隊都躁動起來，就連亞絲菲也不例外，但還是只能忍痛離開。守護那棵樹的是樓層最強的怪獸樹龍(green dragon)，這種怪獸的潛在能力(potential)能與Lv．4匹敵。如同第51層的強龍(卡德摩斯)，貴重的採集類道具附近，常常有強悍的寶藏守護者(treasure keeper)鎮守不動。

與躺在寶石樹下的樹龍的綠眼四目交接時，艾絲感到血液一陣騷動，但不能給亞絲菲他們造成困擾，於是抬起停下的雙腳繼續走。

金髮金眼的少女離去後，闔上雙眼的樹龍似乎感到畏怯，身體挪動了幾下。

「……！」

「所有人請停下來。」

亞絲菲以及其他冒險者，都對潛藏於前方通道的氣息起了反應。亞絲菲馬上舉起一隻手，讓小隊停止前進。

通道前方有個巨大的十字路。發光的苔蘚稍微減低了亮度，薄暗中有無數影子蠢動。冒險者們注視著那些影子，很快就察覺了那是什麼。

那是填滿了寬廣通道的一大群怪獸，數量多到讓人不敢直視。

「我的天……」

露露妮在艾絲身邊發出呻吟。

看到數不清的怪獸密密麻麻地亂動，其他團員也忍不住倒退兩步。人族天性無法接受的醜惡怪物彷彿傾巢而出，足以令眾人背脊發涼。

艾絲觀察著那些怪獸，覺得牠們聚集的方式實在很不自然。

她從沒看過這麼多怪獸聚集在特定區域，形成行伍的光景。

觀察了一會兒後，其中一部分怪獸注意到了他們。

那些怪獸離開行列，成群結隊地轉換方向，其他個體也尾隨其後。

「亞絲菲，該怎麼做？」

「反正遲早都得驅除，就在這裡解決吧。」

面對慢慢靠近過來的大量怪獸，露露妮問亞絲菲如何處理，她向團員下令「準備應戰」。

小隊成員各自拿起武器，擔任前鋒人牆(wall)的人舉著盾走到前方。

「後衛開始詠唱，在接近敵人之前先減少——」

「等一下。」

這時，艾絲出聲阻止了亞絲菲的炮擊指示。

亞絲菲狐疑地轉頭看她，艾絲走到她身邊，簡短地說：

「讓我去。」

「嗄？」

艾絲裝備起《絕望之劍》一揮，發出「咻」一聲，一口氣衝向前去。

「等、等等啊!?」

亞絲菲他們還來不及阻止艾絲，她已經單獨搶先行動。

背後傳來露露妮大吃一驚的叫聲，幾乎在同一時間，怪獸大軍與艾絲開啟了戰端。

才一開戰，隨著銀色軍刀一劍橫砍，好幾陣臨死慘叫爆發開來。

「吼喔喔喔——————!?」

掃蕩行動開始。

驚濤駭浪般的斬擊將殺來的怪獸砍成碎片，奪其性命。一次揮砍捲進了三隻敵人，閃避動作中交織著旋轉斬，一旦怪獸仰望躍至空中的美麗金髮，臉部立刻遭到一刀兩斷。

面對進逼而來的大群怪獸，艾絲正面對抗，給予迎頭痛擊。

少女每次前進，周圍的怪獸就隨之消失，原本被掩埋的通道空出了一塊空間，取而代之的是大量屍塊與塵土留在地上。

簡直有如刀劍結界。任何怪獸膽敢靠近，都會被不容分說地大卸八塊，頭顱、胸膛、胴體兩兩分家。

艾絲用幾乎不符合【劍姬】之名的蠻力揮砍，硬是壓制住怪獸的攻擊與防禦，一次擊敗多個敵人。

怪獸興奮的吼叫，轉眼間變成了淒厲慘叫。

「……」

「……」

「……乾脆全部她一個人解決就好了吧？」

「……要不要回去算了？」

「也不能那樣吧……」

亞絲菲與團員們一起僵在原地，不禁小聲脫口而出，露露妮問她可不可以回去算了，亞絲菲好不容易才忍住不點頭，回答她說不行。

看著視野當中單方面展開殲滅戰的劍士，【荷米斯眷族】心裡忍不住有同樣的感受：「根本不需要我們吧……」

「！」

承受著遙遠後方亞絲菲等人發愣的視線，艾絲砍殺敵人從未手軟。

怪獸沒有一次攻擊能直接命中她，但她有時故意做點防禦，徐徐加快身體的動作。

（我需要更多的經驗（時間）。）

金瞳映照出怪獸的身影，意識朝向身體各個角落。

艾絲在做確認，透過與怪獸的戰鬥，確認自己現在的能力。

確認達成的【升級】。

艾絲正在努力掌握到達了Lv．6而大幅強化的【能力值】。

昇華（升級）之際，身體會產生——力量急遽加強而引起的——肉體與精神的乖離。她徐徐去除細微的感覺誤差，重複並嘗試多種動作，以調和身心。

之前為了追趕少年（貝爾·克朗尼），之後趕往第18層，然後又因為亞絲菲等人大顯身手，艾絲今天一整天都沒好好戰鬥，現在趁此機會殺個過癮。

她不用「魔法」。

只以純粹的劍術與體能，不斷累積交戰次數。

「！」

「嘰——!?」

她向前疾驅的同時，葬送怪獸的性命，抵達通道尾端的瞬間，踹著牆壁跳向空中。

艾絲將飛在空中的飛行怪獸「致命黃蜂」一劍砍成兩段。

以高敏捷度為傲的巨大黃蜂（致命黃蜂）身軀一分為二，墜落地面的同時，艾絲在落地過程中又解決了兩頭劍角鹿。怪獸們甚至無法趁她著地時一擁而上，艾絲主動衝過去，將牠們砍倒在地。

「嘎啊啊啊啊!!」

「沙啊！」

眼見同胞的數量一下子銳減，怪獸終於開始畏怯時，裝備了天然武器（nature weapon）——大花盾牌與花瓣短劍——的蜥蜴人向艾絲做出挑戰。然而揮劍勇猛砍來的三名蜥蜴人，卻被總共三道刀光殺退，讓牠們見識到身為劍士的水準落差。

為了阻止毫不留情地大開殺戒的艾絲，好幾隻蕈類怪獸「黑暗毒菇」也不顧波及己方，一齊噴出了毒孢子——但沒有用。碰上習得了高等級「異常抗性（能力）」的艾絲，中層程度的怪獸的異常攻擊起不了效果。

艾絲衝進廣範圍且分量足以致死的毒孢子當中。

當蜥蜴人與劍角鹿痛苦地喘氣，啪答啪答地倒下時，衝破毒霧出現的劍尖刺穿了一隻黑暗毒菇，並順勢驅逐了毒菇群。

「吼喔喔喔喔喔……」

即使是第二級冒險者，若是單獨碰上如此慘烈的戰場，有幾條命都不夠，但艾絲卻始終毫髮無傷，自始至終讓怪獸無法反擊。

最後，以哥布林的高級品種「巨型哥布林」的臨死慘叫做為收尾，戰鬥結束了。

大型級怪獸的龐大身軀伴隨著地面震動倒下後，艾絲將愛劍（絕望之劍）收入劍鞘。

她將大量出現的怪獸全數殲滅，只花了大約十分鐘。

「……那就是【劍姬】嗎。」

環顧數不清的怪獸屍骸之後，亞絲菲望著站在通道中間的艾絲。

跟咕嘟吞下一口口水的露露妮一樣，派系的同伴都向她投以畏懼的眼光，只有亞絲菲注視著她的背影，瞇細了眼。

「……第、第一級冒險者果然厲害呢！竟然能一個人打倒那一大堆怪獸，難怪其他冒險者（傢伙）都要嚇到了！啊，需不需要靈藥？」

「不用，我很好……謝謝。」

露露妮他們雖然有點膽怯，但還是以笑容迎接艾絲回來。

他們對再可靠不過的幫手興奮不已，異口同聲地稱讚她。

被大家誇獎的艾絲，表情紋風不動，心裡則對自己抵達的高處有了實際感受。Lv．5的時候多少會消耗的體力，現在連靈藥都用不著。

她實際體會到顯著上升的力量與速度，最重要的是不知疲勞的強韌性(toughness)。

「那麼，既然怪獸都由她解決掉了……亞絲菲，接下來怎麼做？」

他們不能放著周圍滿地的死屍——堆積如山的怪獸屍體不管，就由支援者與其他人分工合作，處理摘出「魔石」的作業，這時露露妮向亞絲菲尋求意見。

把手掌重複握起又張開的艾絲，也側耳傾聽今後的行動方向。

「如果相信那個黑袍人所言的話，糧食庫應該會有些什麼吧？第24層有三座糧食庫……分別位於西南、南東與北邊。要從哪個區域繞起？」

露露妮翻找了一下隨身包，拿出一張羊皮紙。

這是描繪出廣大複雜迷宮的第24層地圖。

畫在地圖角落的西南、東南、北部的某個區域——比任何窟室都畫得更大的三處大空洞，用紅線圈了起來。艾絲也走到瞪著地圖的露露妮身邊，從旁探頭看看地圖。

這樣一看，第24層真的很大。

在越往下面層域走就越廣大的地下城裡，這裡第24層可能已經有都市(歐拉麗)總面積的一半。如果要繞遍位於樓層最邊緣的三座糧食庫，把遇到怪獸的時間算進去，恐怕要費好大一番功夫了。

小隊都等著隊長下判斷，亞絲菲開口了。

「往有怪獸的地方走。」

「？」

「只要往怪獸湧來的方向走，應該就能在附近找到原因。既然糧食庫是怪獸暴增的起因，那麼我們只要朝怪獸告訴我們的方向走就行了。」

亞絲菲的說明讓艾絲茅塞頓開。

艾絲他們已經得知怪獸暴增的起源來自於糧食庫，因此沒必要把可疑地點全部調查一遍，只要推斷出方向，就能從三個地點中抓出候補了。

露露妮等人都恍然大悟，抬起頭來，望著被艾絲殲滅的怪獸們的屍骸。

牠們剛才成群結隊，從十字路的一個方向蜂擁而來……

「……北邊嗎。」

正如露露妮低聲所說，所有人都注視著苔蘚微光連綿不斷的北側通道。

等支援者處理完畢後，一行人改變方向，往北邊糧食庫前進。

「不過話說回來，糧食庫啊……我覺得應該就是那裡生出了一大堆怪獸吧。妳覺得呢，【劍姬】？」

「我不知道……不過……」

「不過？」

「我想……可能沒那麼單純。」

艾絲一面與露露妮交談，有時受到亞絲菲叮嚀兩句，一路向前進。

看來選擇走北邊是正確的，一路上不時有怪獸行列從通道深處蜂擁而來。亞絲菲想避免混戰與消耗精神力，幾乎都是請艾絲解決成群的怪獸。

見艾絲連續應戰，少女(人類)支援者實在看不下去，給了艾絲靈藥。艾絲回復了一下體力，也就在這時，地下城開始起了變化。

有如大樹的樹皮天頂與壁面，從某個地點開始，漸漸產生岩石地般凹凸不平的構造。顏色也變成淡紅色，道路變得完全像個洞窟。

這證明他們漸漸接近糧食庫了。餓著肚子的怪獸聚集的給養空間，在大空洞深處有個石英(quartz)大主柱，滲出營養價值特別高的液體。糧食庫附近的迷宮環境改變形狀，就是為了適合石英聳立的大空洞環境。

怪獸暴增的原因。

究竟有什麼在等待著他們？

露露妮等人更加緊張，一步一步走在通道上，艾絲也讓感覺變得更敏銳。不知不覺間怪獸的氣息消失了，陰森可怕的寂靜刺進他們的耳裡。

然後，由拿著地圖的露露妮與艾絲帶頭走過岔路，小隊前進了一會兒。

「什……」

冒險者們，終於親眼目睹了那個。

「牆、牆壁……」

「……植物？」

出現在艾絲等人眼前的，是堵塞通道的巨大牆壁。

令人毛骨悚然的光澤與腫脹的表面。噁心的綠色肉牆阻擋在艾絲等人面前，完全擋住了路。

肉牆與周圍的石牆相比，無論是構造還是性質都完全不同。

看起來既像生物又像某人低聲說的那樣類似植物。或者也可說像是地下城罹患的惡性腫瘤（癌症）。

亞絲菲等人不用說，就連進攻過「深層」無數次的艾絲，都從來沒看過這樣奇怪的現象。

讓人懷疑起自己眼睛的景象，使得整支小隊鼓噪不安起來。

「……露露妮，是這條路沒錯嗎？」

「沒、沒錯啊！我選的是通往糧食庫的路線，本來應該沒有這種障礙物才對……」

聽到亞絲菲向自己做確認，露露妮趕緊重新看看地圖。

是露露妮拿著地圖帶領小隊來到這裡的。艾絲在她身邊，每次遇到岔路時也有看一下她手上的地圖，她走的的確是正確的最短路線。

通往糧食庫大空洞的路，才走到一半。

艾絲睜大眼睛，仰望著阻擋他們前進的謎樣肉牆。

「……其他路徑也調查一下好了。法爾加、史恩，你們帶著其他人分頭調查。不可以太過深入，遇到異常情形就要馬上折返。」

高大的虎人與精靈青年，都點頭回應亞絲菲的指示。他們一手拿著備用地圖，各自率領五名團員，折回原本走來的路。

目送他們回到分歧地點後，艾絲等人望著肉牆。

留在現場的有艾絲、露露妮、亞絲菲以及支援者等四人。她們沒特別跟其他人說一聲，就自己開始調查周圍環境。

側面鋪展開來的一般石牆並沒有什麼異狀。感覺似乎不是地下城發生異常，而是這面肉牆本身是異質存在。艾絲與戰戰兢兢的露露妮一起走到牆邊。

看這面牆完全堵塞住了第24層的巨大通道，長寬應該都有十M，並且散發出些許刺鼻的惡臭……正確來說是腐臭。「嗚欸～」身為犬人的露露妮一邊哀叫，一邊捏鼻。

艾絲朝向讓人看了反胃的肉牆，輕輕伸出一隻手臂。

露露妮急忙制止艾絲，但她沒理會，碰了碰牆壁表面。

（是活的……）

實際存在的熱度，與有點類似心跳的些微律動，從手心傳來。

艾絲保持著警戒，目不轉睛地盯著牆壁。

「亞絲菲，我們回來了。」

「怎麼樣？」

調查了一遍，艾絲等人與牆壁拉開距離時，前往其他路徑的兩支分隊都回來了。

據他們所說，其他路徑似乎也被同一種肉牆所堵住。恐怕所有通往糧食庫的道路都封閉了。

聽完他們所言，亞絲菲似乎很快就整理好了思維。

「看來那一大群怪獸並非突然暴增（異常狀況）……不是地下城急遽生下來的。」

「什、什麼意思？」

對於露露妮的疑問，亞絲菲扶了扶眼鏡。

「整個樓層的怪獸飢餓時，會聚集到糧食庫。如果牠們發現有一座糧食庫進不去了……妳覺得長途跋涉而來的一群怪獸，接下來會採取什麼行動？」

「啊……」

「……會打算去其他的糧食庫。」

艾絲代替露露妮回答，亞絲菲點點頭。

「來到北邊這座糧食庫的怪獸們迫不得已，只能前往南邊剩下的糧食庫。這幾天讓冒險者們苦不堪言的，不是怪獸的暴增，而是怪獸的大移動。」

亞絲菲下了結論，認為是從整個樓層聚集到北部的怪獸的前進路線，不巧與冒險者們行經的路線重疊了。

這面肉牆讓怪獸不能進入糧食庫，牠們只好前往西南與東南的糧食庫。從樓層北端前往南端的飢餓怪獸進行大移動，橫越途中的所有道路，結果就連冒險者常走的正規路線，也被怪獸擠得水洩不通。

四處徘徊尋求糧食的怪獸，形成了一連串暴增的現象。

當團員們都對事情真相表示恍然大悟時，露露妮回頭看向背後。

「我已經知道怪獸們為什麼到處徘徊了，可是……那這面牆的後面，到底有什麼？」

引起怪獸大移動的原因、讓人聯想到植物的不明綠牆。

眼前的肉牆才是異常狀況——這面障壁的後面必定沉睡著某種好不到哪去的東西，這點是千真萬確了。

「……亞絲菲，接下來呢？」

「……也只能前進了吧。」

看到露露妮躊躇不前，亞絲菲嘆了口氣。

不太情願的露露妮也垂頭喪氣地說「也是啦」，馬上就切換了意識。

「看起來是有個像『門』的東西，不過……」

在肉牆的中心有個花瓣重疊般的「門」，或者說是類似「嘴巴」的器官。

「門」的直徑大到就算是大型級怪獸也能輕鬆通過。如果這是出入口的話，也許會有張開嘴巴的時候……但目前動也不動一下。

「看來只能破壞了。」

包括出入口在內，亞絲菲注視著看起來蠻厚的肉牆。

「外觀看起來像植物，用火燒或許有效，但是……」
「要砍嗎？」
「看劍姬妳一副乖乖牌的樣子，講話卻好偏激喔……」
艾絲一拔劍出鞘，露露妮就驚訝地看著她。
「不了。」本來在觀察牆壁的亞絲菲，沒多久就回絕了艾絲。
「我想要情報，試試『魔法』吧。梅麗。」
在她的命令下，小人族魔導士走到小隊前方。
在大家的注視下，個頭只到艾絲腰部的嬌小少女舉起小人族用的金屬短杖，開始詠唱。戴在頭上的尖帽子搖啊搖的。
展開魔法陣的高級魔導士，靜靜地唱出魔法名稱後，射出巨大火球。
火球命中肉牆的同時，引發了轟然巨響與衝擊波，肉牆也隨之熊熊燃燒。
伴隨著類似慘叫的雜亂燃燒聲，相當於出入口的「門」的部分整個燒毀了。肉牆留下燒焦的痕跡，開了一個大洞。
亞絲菲點頭回應周圍的視線後，小隊排成一排，往牆壁內側走去。
艾絲等人入侵了肉牆內部。
「牆壁……」
露露妮回頭看向發出噁心聲響隆起——修復的肉牆。

牆壁花了一點時間，完全癒合了。

看到肉牆好像要把他們關在裡面，露露妮與團員們都閉口不語。

「不會因為這樣就出不去的，回來的時候只要再開個洞就行了。」

為了防止士氣低落，亞絲菲告訴大家，露露妮等人似乎也立刻恢復了平靜。艾絲與他們走在一起，也重新環顧四周。

內部全都變成了綠牆。牆壁也好，天頂也好，就連地面也是。這讓人產生一種錯覺，以為進入了生物的體內。

在障壁散發出的腐臭越來越濃時，艾絲走近牆壁一角。

她握住《絕望之劍》，砍向壁面。

輕易切開的裂縫內，可以看到石牆——第24層原本的牆壁。

（有什麼東西，蓋住了地下城……？）

艾絲覺得就像是這面肉牆黏在迷宮裡一樣。

看到跟出入口的「門」一樣，剛切開的傷口慢慢癒合的光景，「這究竟是啥啊……」露露妮有點害怕地低語。看到自動修復……至少可以說與地下城相同的性質，艾絲無言地沉思。

「好了，該出發了。」

跟隨著亞絲菲，艾絲等人走向綠牆迷宮的深處。

小隊裡的獸人們被飄散的惡臭薰得發出呻吟，所有人都難掩緊張情緒。

突如其來地出現在地下城裡的謎樣綠牆空間，名符其實的異常狀況，而且是名為「未知」的領域，讓眾人前進的腳步自然慎重起來。

「欸，我可以做個可怕的想像嗎？如果這個腫脹的噁心牆壁全部都是怪獸的話……我們就等於是在怪物的胃裡前進，對吧？」

「喂。」「夠了。」「不要再說了！」

露露妮駭人的自言自語，引起團員們齊聲炮轟。

大家異口同聲地叫她不要烏鴉嘴，但也無心插柳，稍微減緩了【荷米斯眷族】的緊繃氣氛。

聽著其他派系嘈雜的對話，艾絲的視線停留在一點上。

這個區域內的光源。

亮著淡淡燐光，開在牆上與天頂的枯萎花朵。

花朵色彩斑斕。

艾絲瞇細了雙眸。

「是岔路……看來既有的地圖已經派不上用場了呢。」

一行人在亮度微弱的陰暗通道上走了幾分鐘。

面對正面、左右側面以及連上方也有的總共四條道路，亞絲菲停下腳步。

看來這條綠牆通道的構造相當複雜。它似乎貫通了第24層原有的迷宮牆，如同植物在地底延伸的無數根部，龐雜地分枝。

料想不到的事態讓艾絲有點慌張，亞絲菲的視線轉向露露妮。

「露露妮，妳畫地圖。」

「了解。」

受到團長冷靜的指示，露露妮拿出地圖以外的另一張羊皮紙與紅色羽毛筆——跟艾絲的羽毛筆一模一樣。

她正確地從紙張角落開始畫起地圖，就好像從走進這面綠牆內以來，一直在計算自己的步數與轉彎次數一樣。

這就是所謂的地圖繪製（mapping）。

艾絲受到了震撼，隔著露露妮的肩膀看她畫到一半的地圖。

「好厲害，喔……妳會畫地圖啊。」

「嗯——會嗎？雖然受到【劍姬】稱讚是我的榮幸……但我好歹也是個盜賊嘛。」

露露妮害臊地苦笑，但沒有停下手邊動作。眼看著她把到目前地點的路線全都畫了出來，艾絲坦率地承認這是自己沒有的技術。

如今公會累積了許多樓層的地圖資料（map data），為冒險者整頓出自由方便的探索環境，但這都是久遠「古代」以來的探索者們的功勞。他們長久以來在毫無情報的狀態下持續挑戰「未知」，賣命開拓正規路線，繪製了各樓層的地圖。

現在的冒險者——艾絲等人只不過是沿著過去先人製作的地圖資料進行探索，換個說法，就是坐享其成。像艾絲完全不懂地圖繪製的方法或知識，就是最好的證據。其他冒險者一定也是——除了販賣未開拓區域的地圖資料謀生的地圖製作者(mapper)之外——很多人都不知道方法吧。

艾絲終於能對「在未開拓迷宮內探險」這種行為產生緊張感了。

這給了她機會反思自己只顧著戰鬥，而完全忘了「冒險者」這一行的本質，以及自己的不成熟。

同時，她也對露露妮產生了敬意。

「真的，畫得好棒喔……」

「啊哈哈，我常常陪離開都市的主神(荷米斯神)鑽進奇怪的遺跡之類，已經習慣啦。」

露露妮配合小隊選擇右邊路線，順暢地繪製地圖，讓艾絲敬佩不已。露露妮再次害臊起來，告訴艾絲這是被主神鍛鍊起來的。

路線好幾次與走過的路徑匯合，艾絲等人一路探索複雜的迷宮。

地圖順暢地逐漸填滿，露露妮一路上不忘在背後扔下從第18層拿來的水晶碎片，標記出走過的路。

「不過話說回來……照這樣看來，在里維拉鎮買的血肉與偽裝布好像都用不到囉。」

「好像是呢……嗯？」

在綠牆迷宮裡不但沒遇到怪獸，而且安靜得異常，就在團員們開始感到背脊發毛時。

他們在開闊的通道中間，發現了不自然地散落地面的塵土。

「是怪獸的屍骸嗎？」

「嗯，看來不會錯了。」

亞絲菲在散落的塵土中，雖然沒看到「魔石」，但找到了「掉落道具」。

這種地方怎麼會有怪獸的屍骸呢？露露妮表情顯得不安時，亞絲菲繼續說下去。

同時靜靜拔出自己的短劍。

「恐怕是能突破那個『門』的幾隻怪獸入侵綠牆，來到了這裡吧……然後，被某種東西殺掉了。」

以亞絲菲這番發言做為開端，小隊氣氛緊綳起來。包括艾絲在內，反應靈敏的人都已經裝備起武器，對周圍保持戒備。

能突破封閉了通往糧食庫的道路的障壁，個體能力強悍的怪獸們——卻被吃得亂七八糟，大量屍骸（塵土）在周圍散落一地。

亞絲菲等人重組陣形保護後衛們，綳緊了神經。

好幾條開著口的陰暗橫穴深處、通道前方，以及後方。

冒險者們目光犀利地注意周圍時。

只有艾絲一個人，抬頭往上看。

「——上面。」

亞絲菲等人肩膀一震，全都抬頭向上。

他們的視線受到艾絲的低語引導著往上，只見好幾條長條身軀、、、在薄暗中蠢動。
在高聳的天頂上細細爬動的怪獸們，從色彩斑斕的花瓣滴下許多黏液。
張開滿口尖牙的大嘴，怪獸——一大群的食人花，霎時從天頂上掉了下來。
「吼喔喔喔喔喔喔喔喔喔喔喔喔喔喔喔喔喔喔喔喔喔喔喔!!」
面對發出破鑼吼叫進逼的敵人，亞絲菲喊道：
「所有人各自迎擊！」
躲開降落的大量巨獸，艾絲等人揮刀迎敵。

「芮薇絲，有人入侵。」
在被紅光照亮的陰森大空洞，男人發出了警告。
「怪獸嗎？」
「不，是冒險者。」
紅髮女子芮薇絲一問，全身白衣的男人厭惡地回答「果然來了」。
在兩人的周圍，身穿長袍的一群人頓時慌了起來。入侵者的存在似乎讓他們相當不安，他們互相大聲呼喊，倉皇地東奔西跑。

芮薇絲似乎覺得無聊透頂，瞥了一眼那副光景。

「對方是中規模的小隊……所有人似乎都是高手。」

肉牆上一塊地方，形成有如月球表面的蒼白水膜，映照出與食人花交戰的冒險者集團。

芮薇絲本來顯得毫無興趣——然而當金髮金眼的美麗少女出現在水膜之中時，她的眼神變了。

她迅速從原本坐著的地方站起來。

「是『艾莉亞』。」

「什麼？」

聽見她的低語，男人也做出了反應。

當他發現芮薇絲的綠色眼瞳緊盯著艾絲不放時，他的口唇歪扭起來，彷彿不能理解。

「妳說【劍姬】是『艾莉亞』……？我無法相信。」

「不會錯。」

紅髮女子簡短回答，給人的感覺與剛才判若兩人。

就像追捕獵物的獵人，或是帶來災禍的地獄使者，散發出冷酷的壓迫感。

她瞇細的雙眼，只注視著映照在水膜中的少女。

「我去，你把『艾莉亞』從其他人身邊拉開。」

「……知道了。」

不等男人回答，女子逕自轉過身去，離開大空洞。

鮮血般的紅光，照亮了她不祥的身影。

天頂附近綻放著一朵蒼白花卉，俯視著通道一隅，那裡正展開激烈戰鬥。

前鋒的盾牌擋住怪獸的必殺衝撞，中衛戰士彈開了呼呼作響的無數觸手（鞭子）。怪獸不顧一切地衝向進行詠唱的後衛魔導士，不規則的動作讓眾人陷入苦戰，食人花怪獸與【荷米斯眷族】就這樣持續著一進一退的攻防。

「露露妮，對手的『魔石』在哪裡!?」

當團員們面對初次看到的對手而難以進攻時，最早適應戰況的是亞絲菲。

她以短劍將從各種角度來襲的觸手統統斬斷，深入而鋒利地砍往對手的長條身軀。

破鑼般的慘叫連續響起，不顧食人花對自己的警戒優先度直線上升，她以大動作高速移動擾亂敵人，兼有聲東擊西之效。

「呃，我記得是在嘴裡！」

同樣以匕首殺退觸手的露露妮，喊出里維拉鎮遇襲時得到的情報。

「嘴裡是吧。」亞絲菲瞪著食人花的下巴，用特製披風彈開自上方揮來的鞭子，從腰帶上的皮套中拿出裝滿猩紅色液體的小瓶子。

小瓶子立刻被扔進食人花的口腔裡——爆炸。

「————啊!?」

嘴裡爆發的轟炸讓食人花連慘叫都被迫中斷，「魔石」遭到破壞，食人花化為塵土。

這是魔道具製作者精心打造的手榴彈，爆炸藥(burst oil)。是亞絲菲以都市外的資源——大陸北部火山口附近發芽的火山花為原料，加工生產的液態炸藥。這種只有她才能製作的猩紅色爆炸液，只要一小瓶就能讓中層的怪獸一命嗚呼。

活用自己專用的高威力道具，亞絲菲一隻接一隻擊敗怪獸。

團員們似乎也摸清了對手的動作，一口氣轉守為攻，開始大開殺戒。

「還好嗎？」

「我、我很好!?」

艾絲前去保護容易被盯上的魔導士，把被「魔力」吸引過來的怪獸們一一解體。

小人族少女紅著臉抬頭看艾絲，艾絲則是注視著以亞絲菲為主軸的戰況。

艾絲眼光追著任由純白披風翻飛的魔道具製作者，心裡覺得她果然很強。艾絲基於食人花的性質，擔心魔導士有危險而退到後衛位置，不過看來自己已經沒有出手的必要了。其他團員的高度應對能力自不待言，亞絲菲的冷靜分析與行動力更是格外出色。看在艾絲眼裡，讓她想起領袖(芬恩)的戰鬥方式。

亞絲菲接受虎人的掩護衝進敵人懷裡，又用支援者拋給自己的長劍砍下食人花的腦袋。

「大致上都解決乾淨了呢……」

將長劍扔還給支援者，亞絲菲環顧四周。

露露妮正好在這時候解決掉後方的最後一隻。她從塵土堆中回收破壞了魔石的飛鏢（短劍），「呼～」回到艾絲等人的身邊。

「只要冷靜下來慢慢打，還是有辦法解決呢。」

「毆打無效時我本來還在擔心……算了，就別多想了吧。」

里維拉鎮遇襲時，食人花在露露妮心中留下了深刻的苦戰記憶，不過這次與小隊聯手戰鬥，似乎讓她取回了自信。亞絲菲雖然在意爆炸藥的消耗量，但也樂觀看待戰鬥的結果。

撿到的彩色魔石雖然引起一陣騷動，不過大家還是迅速檢查過武裝與道具，小隊重新開始前進。

「雖然之前已經聽您說過，不過那就是您說的新種怪獸嗎……」

「又硬，又快……而且超多的，好討厭喔——」

「【劍姬】，您似乎對那種新種怪獸的性質瞭若指掌，如果您還知道些什麼，可以請您現在先告訴我們嗎？」

「好的。」

亞絲菲與露露妮交談著，艾絲將自己所知關於食人花的情報提供給她們。

首先毆打不易生效，相反地對揮砍的抗性很低。

並且牠們會對「魔力」產生過度反應，湧向「魔法」的發生來源。

保持警戒的小隊成員們，也側耳傾聽艾絲銀鈴般的嗓音。

「……再來就是，牠們似乎有率先攻擊其他怪獸的習性。」

最後這點她考慮了一下要不要講，還是告訴了他們。

偏好攻擊怪獸的性質，正確來說是在「深層」遇到的幼蟲型怪獸所具有的特徵。在第51層緊急撤退時，暫且扔下艾絲等人捕食「黑犀牛」的光景，至今仍歷歷在目。

雖然在食人花身上還沒看到這種行動，但因為兩者都具有色彩斑斕的「魔石」，為了以防萬一，艾絲還是講了出來。

「妳是說這種怪獸會同類相食？真稀奇。」

露露妮地圖畫到一半抬起頭來，「唔……」身旁沉默不語的亞絲菲，用指尖把玩了一下眼鏡鏡框。

她開始向大家解釋自己的假設。

「怪獸會襲擊怪獸，基本上有兩種可能性。」

亞絲菲首先豎起一根手指。

「第一種是突發性的戰鬥，就是怪獸偶然間或是因為某些事故而受害，氣憤之下互相廝殺。有時候甚至會是兩群怪獸發生戰鬥。」

艾絲點點頭，亞絲菲豎起第二根手指。

「再來第二種，是怪獸記住了魔石的滋味。」
她進入重點，繼續說下去。
「攝取其他個體（怪獸）的『魔石』，有時會使得怪獸的能力產生變動，就像我們的【能力值】經過更新一樣。」
「『強化種』……」
「沒錯。攝取了過量『魔石』的怪獸，能力將會變得截然不同。」
亞絲菲肯定了艾絲的低語。
怪獸在本能深處知道雙方是同胞，通常會盡量避免自相殘殺，但有時也會出現脫離常規的個體。
不同於累積【經驗值】提高能力的人族，怪獸是名符其實地依照弱肉強食的法則，提升自己的力量。
沉醉於「魔石」帶來的力量與全能感的怪物，將會瘋狂吞噬同胞的核心。而得到太多力量的存在，也有可能成為公會的懸賞對象（bounty monster），變成討伐的目標。
「比較有名的就是『血腥巨怪』……這個怪物殺害了許多同行，甚至擊退了前往討伐的精銳小隊。」
「啊啊，有耶……記得好像殺死了五十名左右的高級冒險者？」
「對，最後是由【芙蕾雅眷族】討伐成功，這件事還記憶猶新呢。」

艾絲也記得這件事，她回想起在世間鬧得沸沸揚揚的事件。

強化到遠超過公會推測Lv．的「血腥巨怪」雖然只是一個特殊例子，不過有情報指出，怪獸只要攝取了同種族的五塊「魔石」，能力就會產生明顯變化。

「這也就是說，那種新種怪獸也是為了『魔石』而襲擊其他怪獸嗎？」

「我是這麼認為的，怪獸會同類相食，必然有某些理由。而且剛才的戰鬥當中，有幾隻個體的能力特別強。」

「經妳這麼一說的確沒錯，那些食人花的能力差距很大呢，有的可以輕鬆解決，有的卻很棘手……可是，有可能會一大群怪獸都想搶『魔石』嗎？如果牠們天生就懂得『魔石』的好處，那可不是開玩笑的耶。」

聽著露露妮她們的對話，艾絲陷入沉思。

她覺得亞絲菲的推測似乎講對了。比起這次交戰的怪獸，在怪物祭與里維拉鎮發生衝突的食人花，很多個體的能力都比較強。而且能力差距相當大，不能用單純的個體差異來解釋。

令她在意的是，食人花之間沒有發生同類相食的現象……如同露露妮所擔心的，彩色「魔石」的怪獸或許跟其他怪獸不一樣，不是後天變異，而是天生就會追求「魔石」。

一路思考到這裡，艾絲決定先把問題擱在一旁，切換意識。

（既然食人花出現了……那麼，接下來會有……）

那個人可能就在前方等著自己。

食人花怪獸讓艾絲聯想起紅髮女子，她的身影閃過腦海。

艾絲握緊了左手。

她靜靜地，要自己的內心做好覺悟。

「又是岔路啊……」

小隊再度碰上岔路，停止前進。

面對大大往左右兩邊岔開的兩條路，露露妮向亞絲菲尋求指示。

「亞絲菲，這次要往哪——」

就在這時。

蓋過了露露妮的聲音，傳來拖著身軀前進的嘶嘶聲，只見左右兩條路都冒出了怪獸濃豔刺眼的花頭。

「竟然來個左右夾攻……」

「不對……後面也有。」

「天啊！」

像要給予發出呻吟的露露妮臨門一腳，艾絲發出警告。

從左右與後方，來自三個方向的包夾。看到沿著天頂與地面爬出的大量食人花，【荷米斯眷族】的其他團員也都皺起眉頭。

退路完全被截斷了。

「……【劍姬】，可以請您負責其中一條路嗎？」

「我明白了。」

艾絲答應了亞絲菲的請求。

作戰方式是由唯一一個第一級冒險者艾絲壓制住其中一條通道的敵人，其他人則趁此殲滅另外兩個方向的怪獸。

很快地，隨著亞絲菲一聲令下，總共十六名冒險者衝了出去。

後方八人，右邊七人，左邊則由艾絲獨力抗戰。

然後，就在艾絲的《絕望之劍》搶在所有人之前砍倒食人花時——下個瞬間。

好像計算好了似的，巨大柱子從天而降，墜落在她身邊。

「!?」

艾絲馬上做出反應，緊急退避。

她踢著地面做出後空翻，閃避「咚」、「咚」、「咚」地接連發射的巨大綠柱，等她注意到時。

左邊的道路已被全面堵塞，她跟亞絲菲等人完全隔離了。

「被分隔了!?」

化為極厚牆壁的柱子背後，傳來露露妮的慘叫。

艾絲也睜大了金色雙眸，地下城一般不會出現的陷阱，使她與分隔兩處的同伴同樣驚愕不已。

——被拉開了！

還來不及恢復平靜，剩下的食人花已經張牙舞爪襲向艾絲。

「吼喔喔喔喔喔喔喔喔喔喔喔喔喔喔喔喔!!」

「！」

艾絲砍裂敵人的觸手，秒殺了總共五隻怪獸。

將最後一隻化為塵土的同時，她跑向牆邊，打算破壞綠柱，好跟柱子後面的露露妮等人會合。

然而，一股凶猛的殺氣不允許她這麼做。

「……！」

強烈的戰意，搖晃了艾絲的肩膀。

她轉過頭，注視著一片薄暗的通道深處。

在那黑暗的前方，有股無法忽視、而且令她印象深刻的強烈存在感。

艾絲認為一分一秒都不能背對這個對手，轉過身去……然後揚起眼角。她像是受到吸引般，往黑暗的前方走去。

牆上綻放的枯萎花朵搖晃著燐光，照亮艾絲的臉。

銀色護胸與肩鎧反射著光，靴子的跫音迴盪在寂靜的單一道路上。

不需要太多時間。

與前進的艾絲就像一面鏡子相對，慢慢地。

那人也突破黑暗，走了出來。

「——想不到妳會自己過來，正合我意。」

出現的人果不其然，是紅髮的女馴獸師。

她沒做任何喬裝，肌膚白皙，頭髮呈現血紅色。綠色雙眸暴露在外的真實容貌，從正面緊盯艾絲。

——她果然在這裡。

金色眼瞳承受著女子冰冷的視線。

在又長又寬的綠牆通道裡，艾絲與女子展開對峙。

「……妳在這裡，做什麼？」

「誰知道呢？」

「這個……這個迷宮是什麼？是妳做的嗎？」

「妳沒必要知道。」

艾絲與對方視線交纏，提高戒心，悄悄觀察對方的外形。

女子好像遇過搶匪似的，戰鬥服有點受損，沒有攜帶任何防具或武器。

對於自己的疑問，果不其然，對方似乎完全無意回答。

跟以前遇到時一樣，不容分說地拒絕作答。

「閉嘴跟我來就對了，有個人想見妳。我要妳跟我走，『艾莉亞』。」

聽到這三個字，艾絲視線變得尖銳。

「我不是『艾莉亞』。」

聽到艾絲否認，女子露出狐疑的表情。

「『艾莉亞』是我母親。」

「胡說，『艾莉亞』不可能有孩子。就算……妳真的不是『艾莉亞』本人，那也無所謂。」

交談的同時，艾絲身體向前挺出。

「妳為什麼會認識『艾莉亞』？妳知道『艾莉亞』的什麼？」

「我只是知道名字，因為那傢伙一再催我，說想見『艾莉亞』……我煩都煩死了，才會聽從聲音的指示尋找此人，然後就遇見了妳，不過如此罷了。」

面對話多了起來，顯露出情感的艾絲，女子冷漠無情，不受動搖。

她結束了對話，好像是覺得自己講了多餘的話。

「廢話就到此為止，我要帶妳過去。」

說完，女子將一隻手插進地面。

細腰彎曲，豐滿胸部搖晃的同時，她的腳下傳來水流產生漩渦般的「嘶嘶」聲響。

最後她猛地一抽，地面噴著紅色液體，吐出了長條型的塊狀物。

不會錯，那是一把具有握柄的長劍。

——天然武器？

女子在驚訝的艾絲面前把劍一揮，甩掉黏在上面的液體。

長劍的可怖外形就像從生物身上取下血肉，直接倒進刀劍模子裡鑄造而成。上面沒有劍格等任何裝飾，紅彤劍身看起來似乎一點也不鋒利，只是給人一種威嚇感，彷彿一被砍傷就會受到詛咒。

閉口不語的艾絲，靜靜地放鬆全身多餘的力道。

面對蓄勢待發的強敵，她將自己的一切交給愛劍（絕望之劍），成為一名劍士。

「我要上了。」

霎時之間，女子發動了突擊。

她讓紅髮描繪出血花飛濺般的斜線，舉起長劍就砍。

艾絲從正面擋下這招，用【絕望之劍】反彈回去。

只聽見響徹空間的軍刀敲擊聲，以及毆打鐵塊般的沉重聲響。女子以在「里維拉鎮」壓制過艾絲的凶暴氣勢接連揮砍。面對令空氣發出哀鳴的一記橫砍，艾絲彎下身子輕鬆躲開，並立即揮刀撈擊。

彷彿第一次的戰鬥重新上演，純粹的劍技與拳腳交加的戰技展開激戰。

「……？」

在激烈的交鋒中，女子的表情變得狐疑起來。

彎曲著眉毛的她——注意到艾絲的劍法越變越快時，瞪大了眼睛。

刻鏤殘影的銀劍以迅雷不及掩耳之勢，連同女子的反應與驚愕一同殺退，刀光一閃。

女子的長劍被大大彈開，甚至令她站立不穩。
「什麼!?」
艾絲不給她動搖的時間，無言地追擊。
遭受到猛烈的連續攻擊，女子一再勉強防禦後，承受不住接下來的一擊，大幅後退。
她無法抵銷以渾身力氣使出的斜砍力道，雙腳刨削著綠色地面。
等好不容易停下來時，女子呆住了。
她慢吞吞地伸手去摸豐滿的胸部，滑溜的紅色鮮血沾溼了她的指尖。
受到小傷的她，對著艾絲抬起頭來。
「妳該不會……」
面對依然以銳利眼神緊盯自己的少女，女子的眉心歪扭起來。
「妳讓【能力值】昇華了……!?」
目睹艾絲的能力與十天前判若兩人，對方似乎也終於察覺到了。
達成豐功偉業而到達的新一個巔峰，【升級】。
經歷與漆黑樓層主的激鬥，突破極限的艾絲，登上了名為Ｌｖ．６的高峰。
在那水晶城鎮吃下敗仗的少女，已經不復存在。
「啊啊，麻煩死了……!!」
不屑地說出的話語，流露出的是煩躁。

十天前無力招架的純粹體能，這時候卻變得不分軒輊。

相對於狠狠地瞪著艾絲的女子，艾絲平靜地還口：

「我只是，不想輸給妳罷了。」

在蒼然夜色下，被她徹底擊垮的敗北感受，驅使艾絲衝上巔峰。

隱藏在內心深處，比起【眷族】同伴們有過之而無不及，天生「不服輸」的個性。少女發揮了不知變通的好強心理，接受這個瞬間的來臨。這是雪恥之戰。

艾絲將愛劍的尖端對準了女子，表達出自己的意志。

「嘖……」

女子嘖了一聲，重新舉起長劍；艾絲與她互瞪。

對方的表情不再冷淡，而是以鋒利如矛的眼光射穿了艾絲，將她視為明確的敵人。比至今更加濃厚的壓迫感襲向艾絲。

兩者都在靜靜地觀察先機，這時，女子慢慢開口說道：

「妳不用嗎？」

她是在問艾絲為何不用「風」。

女子對無意使用最大的武器——魔法（風靈疾走）的少女發出疑問。

「沒有必要。」

於是艾絲斬釘截鐵地告訴她。

她回顧上一場依賴「魔法」的戰鬥，打算再一次回歸原點。

艾絲只憑著做為劍士培養出來的劍技，向女子挑戰。

「——別小看我。」

相較之下，女子發出烈火般的怒氣。

她那缺乏表情的美貌開始溢滿殺氣，握緊的長劍劍柄產生龜裂。

女子暴露出至今所沒有的情感，下個瞬間雙腳一蹬，踢碎了地面。

面對化為彈丸疾馳而來的對手，艾絲也高舉寶劍，向前疾驅。

銀刃與紅劍勢如破竹地交錯。

兩者正面衝突。

四章

白髪鬼

Гэта казка іншага сям'і.

сівавалосы дэман

「【狙擊吧，精靈射手。射穿吧，必中之箭】！」

優美的咒文旋律響徹四方。

編織短文詠唱的蕾菲亞舉起魔導士專用裝備・魔杖「森林淚滴」。這根魔杖以魔術師愛用的特殊礦石「白聖石」為本體材料，徹底追求提升魔導士魔法力的性能。裝在頂端的魔寶石使用了寶貴道具「千年樹水滴」製成，對特定種族(精靈)的「魔力」會展現出高度融合性。

與腳下展開的魔法陣(magic circle)相呼應，裝在魔杖前端的魔寶石發出眩目光彩。

「【靈弓光箭】！」

強而有力的魔法名稱召喚出光箭。

單射魔法在傑出的「魔力」與強力的【妖精追奏】(技能)輔助下儼然已有如炮擊，填滿了整條狹窄的直線通道。通道上超過二十隻的怪獸一邊發出淒厲慘叫，一邊被大閃光吞沒，灰飛煙滅。

沿著閃光軌跡，只留下大量的灰塵。

確認消滅敵人後，蕾菲亞放下魔杖。

「原來如此，妳是維仙森林出身啊。那個森林的居民，在同胞當中擁有特別出色的『魔力』……難怪妳的魔法威力那麼大了。」

「沒、沒有，我也只有這點長處……」

除去了像牆壁一樣擋路的怪獸，三人再度開始前進時，菲兒葳絲似乎恍然大悟，望著蕾菲亞的側臉。

這裡是地下城第24層。蕾菲亞等人為了追趕艾絲，衝下複雜的迷宮，來到了這個目標樓層。她與伯特還有菲兒葳絲並肩奔跑，讓大樹迷宮內響起噠噠噠的腳步聲。

蕾菲亞等人的目的地，是樓層北邊的糧食庫。因為他們去過確定出現過大量怪獸的正規路線，看到了可能是來不及收拾的無數「掉落道具」以及怪獸的屍骸（塵土），一路往北方延伸。這些怪獸絕非一般高級冒險者所能對付，讓蕾菲亞等人確定這些必定是艾絲她們打倒的。

他們不想與陸續集合的怪獸戰鬥——浪費時間，目前繞過了大通道，在包裹著樹皮的窄道中前進。說是窄道，寬度也有五M以上，足夠讓小規模的小隊輕鬆通行。

在發光苔蘚的圍繞下，跟菲兒葳絲講話的蕾菲亞臉上笑逐顏開。

不只是她的稱讚，兩人之間稍微縮短的距離感，更是讓蕾菲亞感受到喜悅。

「少說廢話，來了。」

與兩人並肩前行的伯特絲毫不感興趣地說，跑到兩人前面。

伯特立刻出手，瞬間解決從視野遠方出現的怪獸。他以特技表演般的身手在空中一次擊墜好幾隻致命黃蜂，再以上段踢名符其實地「粉碎」了身高超過二M的「巨型哥布林」肥胖醜陋的巨軀。

就在伯特一路清空障礙，毫不影響小隊的行進速度時，蕾菲亞她們的周圍——發出啪嘰一聲。

「！」

只見樹皮碎片四處飛散，並傳來牆壁龜裂的聲響，一大群蜥蜴人與黑暗毒菇冒了出來。

「退後，維里迪斯！」

兩人一被突破樹皮壁面呱呱墜地的怪獸包圍，菲兒葳絲立刻喊了蕾菲亞的姓，疾馳而出。

她拔出短劍，砍倒蕾菲亞身旁的怪獸。蜥蜴人們吼叫著撲向菲兒葳絲，但她以夾雜多次突刺與橫斬的迅捷攻擊，準確地命中牠們的要害。菲兒葳絲舞動著純白戰鬥服，閃躲粗尾巴的反擊，並於錯身而過之際讓蜥蜴怪獸身首異處。

呆站原地的蕾菲亞還來不及加入戰局，菲兒葳絲眨眼間減少了蜥蜴人的數量，從腰際抽出木製短杖（wand）。

「【破邪聖杖（雷電），掃蕩我的敵人】！」

她一邊與剩下兩隻蜥蜴人交戰，一邊演奏咒文。

等開始進行「並行詠唱」，砍倒兩隻蜥蜴人之後。

菲兒葳絲將她的短杖對準了張開菇傘，做出危險舉動的三隻黑暗毒菇。

「【至神・酒神之杖】！」

毒孢子擴散的同一時間，超短文詠唱型魔法發動。

伴隨著銳利雷光，一道雷電飛馳而去，將黑暗毒菇連同毒孢子一起燒個精光。

（好、好厲害……）

菲兒葳絲戰勝怪獸大隊的模樣，讓蕾菲亞大為驚嘆。

她跟身為純粹後衛魔導士的蕾菲亞不同，是「魔法劍士」。

這是做為中衛大受冒險者小隊歡迎的——備受重視與喜愛的——高級中衛職業（high balancer）。他們能自己上前線戰鬥，擁有弓箭或投擲武器比不上的「魔法」火力，是重視速度的魔導士，也是蕾菲亞崇拜不已的戰鬥風格(battle style)。

菲兒葳絲在以超短文詠唱的攻擊魔法為主的「魔法劍士」當中，似乎又格外擅長迅速敏捷的戰法。

菲兒葳絲以短劍(sword)與短杖(wand)俐落進行遠近兩種距離的攻擊，就算置身於激烈戰鬥，進行起「並行詠唱」似乎不費吹灰之力。她舞劍擊退敵人，再以魔法燒盡的模樣，與她端莊美麗的容貌相輔相成，華麗又耀眼。

蕾菲亞看她看得呆了，遲遲沒能移開目光……忽然間，她也產生了一種自卑感。

「要是妳至少也能像她那樣就好囉。」

「嗚嗚……」

伯特靠過來落井下石。

基本上，後衛魔導士(蕾菲亞)總是需要距離或是前鋒人牆，沒有同伴的幫助就無法好好戰鬥。

比起獨自一人也能巧妙應戰的全能戰士菲兒葳絲，簡直有著天地之差。

蕾菲亞正在垂頭喪氣時，這次換菲兒葳絲回來幫她說話。

「這樣要求專精火力的魔導士太過分了。遇到真正危急的場面，維里迪斯的力量才是小隊需要的。」

菲兒葳絲加重語氣，告訴伯特保護蕾菲亞這個炮臺，是小隊的職責。

的確，很少有專精火力的純粹魔導士，能夠做到伯特所要求的技術──「並行詠唱」。應該說這麼厲害的魔導士，蕾菲亞只知道里維莉雅這麼一位。

菲兒葳絲主張高級魔導士正是小隊的最後王牌，相對地，伯特交互看看蕾菲亞與她，鼻子哼了一聲。

「妳們兩個精靈變成好姊妹啦？」

聽到他挖苦兩人跟不久之前有著天差地別，菲兒葳絲一下住了口。蕾菲亞也不禁臉紅，當場張皇失措起來。

伯特輕薄地笑著，然後瞅了蕾菲亞一眼。

「妳這樣就滿足了嗎？自己都保護不了自己。」

伯特的琥珀色眼瞳盯著蕾菲亞，向她問道。

狼人青年瞪人的眼光，像平常一樣帶有侮蔑，但同時也不苟言笑，讓蕾菲亞肩膀晃了一下。

「那兩個白癡亞馬遜人好像很寵妳，不過我可不來那一套。只要妳還好意思說自己只有魔法這個長處，妳就一輩子都只能當包袱。」

「！……」

「妳太天真了。」

伯特斷定的話語不帶一絲溫柔。他那琥珀色的雙瞳瞧不起蕾菲亞，就像要把她推下懸崖一樣辱罵她。

伯特所說的話向來一針見血，挖人舊傷。

這是他被許多人討厭的原因之一。他總是毫不客氣而粗魯地出口傷人，硬是撕裂別人的傷口，觸怒、惹惱其他冒險者。

反過來說，也表示他憎恨的是不敢面對自己傷口的人。

蕾菲亞完全無法回嘴，心情跌落谷底，但也因此而能正視自己的問題，覺得自己的確必須改變。畢竟怪物祭那場事件，才剛讓她痛切感受到自己的缺陷。

為了不再扯憧憬的艾絲她們的後腿，為了有資格站在她們的身邊，蕾菲亞不能安於現況，必須往更高的境界努力。她不能忘記對自己的無能為力流下的淚水，以及渴望追上憧憬對象的那份心意。而且如果說伯特對自己的蔑視沒有讓她感到不甘心，那是騙人的。

蕾菲亞感覺到菲兒葳絲一直擔心地看著她的臉頰，她兩手用力握緊了魔杖。

「……？」

低垂著頭的蕾菲亞，這時突然抬起臉來。

伯特想講的都講完後，早已開始移動了。菲兒葳絲雖然關心蕾菲亞，但也已經開始往前走。

兩人的背影映照在視野裡時，蕾菲亞產生了一種突兀感。

（「魔力」……？）

她佇立在原處，轉頭環視了一下周遭。

「那個，伯特先生……？」

「啊？」

她試著出聲呼喚伯特。

但他轉過頭來問「怎樣？」，好像沒注意到什麼的樣子。

「怎麼了嗎？」

「呃，沒有，那個……」

菲兒葳絲也問蕾菲亞怎麼了，但她支吾其詞。

看到兩人什麼也沒感覺到，「是我多心了嗎？」蕾菲亞偏著頭。

「沒事就趕快走吧，馬上就到糧食庫了。」

「不要浪費我的時間。」伯特一邊惡言相向，一邊再度邁步往前走。菲兒葳絲也跟在後面。

蕾菲亞注視著他們走來的道路後方，過了一會兒後轉過頭來，趕緊追上伯特他們。

濃金色的頭髮跳動著，她的背影眼見著越來越小。

「……」

然後，有個影子在偷窺她的背影。

在蕾菲亞剛才注視的通道，從橫穴轉角出現了一個身影。

穿戴著紫色連帽長袍（hooded robe）與陰森面具的人影，無聲無息地追在他們後面。

「【劍姬】，喂！妳聽不見嗎!?」

露露妮的叫喊，夾在怪獸的怒吼之間傳來。

被迫與艾絲分隔兩處，遭到食人花群夾擊的【荷米斯眷族】正陷入激烈的迎擊戰。

他們面對自通道深處不斷湧出的怪獸，毫不間斷地向前刺出刀槍。

「發生什麼狀況了嗎!?怎麼辦，亞絲菲！」

「……有餘力擔心她的話，還是擔心我們自己吧。只要開出一條路，就馬上離開這裡！」

「太冷漠了吧！」

「她可是【劍姬】啊!!」

艾絲在遭到堵塞的牆壁另一頭，一點反應都沒有，讓露露妮擔心得不得了，但亞絲菲果斷地說擔心第一級冒險者只是多管閒事。她決定暫且不管身經百戰的「戰姬」，先以大家為優先。

畢竟從前後兩方湧出的食人花，依然夾擊著他們。

「後方出現怪獸！一共五隻！」

「前面也來了！」

對於此起彼落告知怪獸增援的慘叫，亞絲菲判斷下得很快。

「灑出『魔石』！」

聽見團長的指示，團員們也默契十足地採取行動。
每個人各自將手塞進腰包或隨身包裡，將閃亮耀眼的藍紫結晶灑向牆邊。
食人花群無視於襲擊過來的團員，像搶吃飼料的家畜一樣跑向「魔石」。
「所有人往前！」
亞絲菲靈機一動，利用艾絲提供的情報——食人花的習性，讓前方開出一條路來。露露妮等人趁怪獸注意力轉向「魔石」，二話不說就往前跑。
為小隊殿後的亞絲菲，從皮套中取出三瓶爆炸藥，準備收拾掉怪獸。
「奈莉，用『魔劍』。」
手榴彈扔進了還在吞食「魔石」的食人花群之中。
同時接到命令的人類（支援者）少女也拿出「魔劍」，使勁一揮。
短劍中迸發的火炎飛刃，接觸到扔出的三瓶爆炸藥，引發比單發爆炸藥強上許多的大爆炸。
她們從全身著火、淒厲慘叫的怪獸們身上，拔除了追擊的可能性。
「亞絲菲，前面來了一大堆耶!?」
看到食人花從前方蜂擁而至，露露妮大聲叫道。
她一邊說著一邊急速奔馳，穿過敵人的身體之間，於錯身而過之際砍殺牠們。趁著露露妮的揮砍削弱了怪獸們的氣勢，各個前鋒的大型武器豪爽地劈開了怪獸的花臉。
「看來你們真的很不想讓我們過去呢……！」

亞絲菲眼光犀利地瞪視前方，嘴唇歪扭成了笑意。

怪獸們愈加激烈的迎擊，令她確定前方一定有「什麼」。她從部隊尾端移動到最前方，主動出手擊退擋路的怪獸，不拖慢小隊的行進速度。

亞絲菲與裝備了大劍的虎人一馬當先，驅逐了身軀特別龐大的食人花。

「……那是……」

就在他們擊退了怪獸不知道第幾次的強襲時。

團員們看見從綿延不絕的通道前方，洩漏出不同於枯萎花朵微弱燐光的血紅亮光。

「難道是石英的光嗎？是不是快到糧食庫了？」

露露妮跟周圍的同伴一樣，瞇起一隻眼睛。

位於地下城最邊緣的大空洞稱為糧食庫，裡面矗立著特大石英。這根水晶大主柱會滲出營養液提供給怪獸，並且發出神祕亮光，永遠照亮著大空洞。

第24層的大主柱是紅水晶——目睹了通道前方的紅光，所有人都明白到離終點不遠了。

「亞絲菲。」

「……就這樣直接衝進去。」

小隊聽從了團長的指示。

他們打倒最後一隻食人花，衝過綠牆迷宮。

一行人跑過腐臭越來越濃的空間，衝進滲出紅光的通道出口。

他們踏進了糧食庫的大空洞。

「——」

視野一口氣變得開闊後，亞絲菲等人都說不出話來。

等待著他們的，跟至今的路程一樣，是個受到綠色肉牆侵蝕的廣大空間。如果要舉出不同之處，那就是有無數大大小小的花苞，垂掛在綠牆的各處。

而在這大空洞當中，格外奪去亞絲菲等人視線與意識的，是寄生於糧食庫大主柱上的巨大怪獸。

「寄生植物……？」

總共三隻酷似食人花的怪獸，纏在少說高達三十M的紅水晶大主柱上。

綻放三朵濃豔刺眼、色彩斑斕的花頭，超大型怪獸的全長以及身軀的粗度，至少都比食人花多出十倍。從長大身軀衍生出的藤蔓狀觸手，爬滿了大主柱的表面。

在發出紅光的石英照亮下，那副光景也像是一條又一條的血管。

「難道……那個在吸收大主柱滲出的養分？」

每當間隔緩慢的「怦咚」搏動聲響起，就會接連傳來吸走某種物質的怪聲。在亞絲菲搖擺不定的視線前方，巨花怪獸吸走了水晶滲出的每一滴液體。

怪獸的觸手與根部不只爬滿大主柱表面，還一路延伸到大空洞的牆壁、洞頂與地面，形成綠色的肉牆。造成第24層糧食庫一帶產生變異的元凶，肯定就是那隻巨花型的怪獸。

說牠是寄生植物，的確不為過。

怪獸們吸收從地下城無限溢出的養分，爆發性地擴大身體組成，最終形成了這座異樣的綠牆迷宮。

「那、那是……」

被植物肉牆覆蓋的大空洞內，除了亞絲菲等人之外，還有另一個神祕集團。

這些人穿著遮住上半身的大件長袍，戴著連頭帶口全部遮住的頭巾與護額。這群隱藏相貌與來歷，所屬組織不明的人看到【荷米斯眷族】突然出現，先是引發一陣騷動，然後指著他們，互相大聲警告，提高戒備。

當兇險而充滿殺氣的氛圍充斥整個空間時，只有露露妮一個人，目光仍然停留在他們身後的紅色石英上。

她呆滯的視線，朝向三隻巨花纏住的大主柱的根部。

一顆內藏雌性胎兒的綠色球體，依附在那上面。

「是那時候的……『寶珠』……!?」

「已經來到這裡了啊。」

當亞絲菲與露露妮等人都感到不寒而慄時。

與他們敵對的那群人，也紛紛擺出迎戰架勢。

在大主柱根部旁伺機而動、全身白衣的男人，瞪著總共十五名的入侵者。色澤暗沉的白髮露在白骨（掉落道具）做成的頭盔外，飄動了一下。

此人就是與紅髮女子（芮薇絲）交談過的那個高大男子。

「你都在做什麼！怎麼會讓他們入侵到這裡!?」

「光靠食人花不足以對抗那些入侵者。」

全身白衣的男人定睛盯著亞絲菲等人時，一個人類跑向他身邊。

這人身上的長袍顏色不同於其他人，遭到這人的責備，男子用壓抑情緒的聲調回答：

「做事吧，黑暗派系的殘黨們，成為保護『她』的基石吧。」

瞥了一眼對方後，全身白衣的男子仰望大主柱。

依附在紅色石英表面的寶珠，雌性胎兒。

彷彿受到巨花的藤蔓保護著，寄生在石英上的陰森寶珠，跟怪獸一樣在吸收大主柱的養分。

在被稱為怪獸「母體」的地下城裡，那副光景就有如從娘胎補充營養的胎兒。

只不過，這個胎兒相當自私自利，絲毫不顧母體的負擔。

她完全不管彷彿隨時會呻吟出聲的石英發出的微弱紅光，貪婪地吞食營養，慢慢孕育自己成長。

寶珠收縮顫抖的胎動，讓全身白衣的男子雙眼一瞬間著迷般出神。

「……不用你說我也會做！」

就近目睹了寶珠胎動的長袍男子，歪扭著眼角轉身就走。

在全身白衣的男子與肥大的胎兒眼球注視下，被稱為黑暗派系殘黨的集團一一拔出了白刃。

「不准讓入侵者活著回去!!」

怒吼聲傳來。

身上長袍顏色與其他人不同的男人——像是指揮官的人類一聲令下，大空洞裡的長袍人全都與之呼應。

他們高舉武器，湧向亞絲菲等人面前。

「喂，他們好像殺氣騰騰啊！」

看到敵人滿懷殺意的樣子，露露妮大叫道。

神祕集團瞪著大空洞通道口前的【荷米斯眷族】，將他們當成了仇敵，鬥志旺盛地衝了過來。

「應戰吧，我們也得問問他們在這裡做什麼……」

亞絲菲切身感受到敵方有些異常的氛圍，視線掃過周圍一圈。

除了亞絲菲等人入侵的通道之外，大空洞還有好幾個通道口。而這些出入口附近放了幾個大型黑籠，裡面是盤成一團的食人花怪獸。

不只如此，大空洞的肉牆還在間歇地生出怪獸。垂掛在牆上的花苞隨時都在綻放色彩斑斕的花朵，然後直接滑落下來，出生剛過幾秒鐘的食人花就這樣躺在地上。看來這座被巨花吞沒的糧食庫跟地下城一樣，具有生出特定怪獸的機能。

這座由巨花形成的綠牆迷宮，會是人手所為嗎？而新種怪獸——食人花又是否是在這種狀況下誕生的？

觀察喚來了臆測，讓亞絲菲產生近乎震慄的感情，同時有了不好的預感。

亞絲菲環顧面目全非的糧食庫，心想：

這座大空洞究竟是什麼？還有他們打算把裝著那些食人花的黑籠運到哪裡去？這些都得問個清楚。

「殺了他們!!」

「大家上！」

雙方陣營各自發出號令，【荷米斯眷族】與長袍集團正式開戰。

霎時刀劍相碰，發出金鐵交鳴之聲，人族之間的激烈鬥爭於焉爆發。

以長袍與連頭帶口全部遮住的頭巾隱藏真面目的敵方集團，人數足足有【荷米斯眷族】的一倍以上。面對發出狂暴怒吼、排山倒海地來襲的敵方前鋒，以露露妮為首的亞人中衛部隊站到最前線，與敵人激烈交鋒。

揮出的刀槍被虎人以大盾全數擋下，緊接著精靈們從他背後一躍而出，砍向身穿長袍的男子們。

敵方後衛一放箭，己方立刻使出短文詠唱的魔法還以顏色。

【荷米斯眷族】以聯手行動互相彌補不足，更重要的是他們具有優異的潛在能力，將人多勢眾的對手壓得死死的。敵人雖有高級冒險者水準的身手，卻仍無法以多欺少。

「嘿唷！」

亞絲菲等人彈開、化解每一招奪命攻擊，簡直像不當一回事似的，反而把敵方軍勢頂了回去。

「咕啊啊!?」

露露妮用匕首砍傷對手的四肢，又對腹部補了一記頂膝。

看似人類的長袍男子呻吟一聲，再也爬不起來。

「好啦，你們是哪個【眷族】的？」

露露妮一隻手抓起長袍衣襟，逼問對方。

男子血流不止的雙手虛軟地下垂，護額下的雙眼歪扭著。其他人還在交戰，男子緊閉著被布蓋住的嘴。

「……！」

「哎，你再怎麼不開口也沒用啦。」

看到對方什麼也不肯說，露露妮做出惡毒的表情，從懷裡掏出一只小瓶子。

具有透明感的鮮紅液體裡漂著結晶——是「解鎖藥（status thief）」。這種藥可以硬是解除（撬開）刻在背上的神的恩惠（能力值），揭穿當事人的所屬派系及其本名。

看到食指與中指夾著的小瓶道具拿到自己眼前，男人的眼睛顫抖了。

「……」

很快地，男人的視線彷彿有所覺悟，忽然飄向遠方。

「神啊，我遵從盟約獻給您……」

被頭巾堵住的嘴巴，發出模糊不清的聲音。

然後，說時遲那時快。

男人彷彿下定決心般目眥盡裂，倏然將手伸到腰間——反作用力讓長袍裡的東西露了出來。

纏繞在他上半身的，是宛如封入火焰般的鮮紅寶石。

「————」

撞進視野的光景，讓露露妮停止了呼吸。

——「火炎石」。

這是從棲息於深層區域的怪獸「烈焰魔岩」身上取得的「掉落道具」。一部分未經加工的怪獸肉體，具有強烈的可燃性與爆炸性。

眼前的火炎石，在可以取得的「掉落道具」中屬於特別巨大的種類，而且多到數不清。這些石子像數珠一樣串連著，纏繞在男人的身上。

不顧僵在原地的露露妮，男人的手做出了動作。

他猛力一扯從腰間連著導火線的小盒子——點火裝置上的繩子。

露露妮瞬即放開男人的前襟，一腳將他往前踹開。

「這份性命，將前往伊莉絲的身邊——!!」

露露妮自己也往後跳開，交叉雙臂。

下個瞬間，引燃點火盒的男人，身體被炸成了碎片。

「~~~~~~!?」

引發的大爆炸把露露妮炸飛出去。

立時一陣熱風掀起，數量龐大的火花如雨點驟臨。

她的肌膚被燒傷，背部狠狠撞上地面。

露露妮勉強撐起上半身，注視著火紅燃燒的前方，呆愣地脫口而出：

「……自、自爆？」

還保留著原型的男人軀體，旺盛地燃燒著。

那人雙膝跪地，咚地一聲重重倒下。仍然籠罩著爆炸火焰的背部早已連同皮膚一起燒爛，使用「解鎖藥」也沒有意義了。當然，男人已經斷了氣。

為了阻止情報洩漏，他斷然選擇自爆。

面對將自己的性命棄如敝屣的敵人，露露妮臉色霎時刷青。

「——請祝福您愚昧的子民!!」

周圍也是一樣，長袍人陸陸續續進行自爆。

無力再戰的人似乎覺得萬事休矣，引燃了點火盒，或是伸出手臂想與對手同歸於盡，陷入強光之中。伴隨著震耳欲聾的巨響，火焰團塊四處飛散，把大空洞照得通亮。

被捲入爆炸的【荷米斯眷族】發出了尖叫。

「亞絲菲，這些傢伙是死戰集團!?」

露露妮顧不得保持平靜，聲嘶力竭地大喊。

這些人為了使命捨棄一切。

是最惡劣的，連死都不怕的集團。

面對拿自己的性命當炸彈的敢死隊，【荷米斯眷族】慘叫聲不絕於耳，響徹四下。

——瑟爾中招了!?

——誰來幫忙治療一下！

——不……住手啊啊啊啊啊!!

大吃一驚的亞絲菲，眼中也看見了同伴被爆炸烈火吞沒的模樣。她以披風防禦排山倒海地吹來的爆炸強風，只見刺鼻的火藥味與某種東西燒焦的惡臭，轉瞬間支配了戰場。

「同志們，不要怕死！」

從戰場後方，有人出聲鼓舞異端分子。

異色長袍的男人，布滿血絲的雙眸中蘊藏著黑光，策勵著同夥們。

「死後世界才是我等宿願！向我等主神（主人）——獻上忠誠!!」

接連發出的激勵之聲，鼓動穿著長袍的人們捨棄恐懼行凶。

他們在蒙面布底下浮現出將死的相貌，為戰場帶來悽愴的烈焰。

「饒恕我的過錯吧，蘇菲亞！」

「蕾娜，請以這份犧牲清算我的罪過——!!」

「啊啊，尤利烏斯!!」

拿性命當火種的爆炸四起。

幾乎要震破鼓膜的爆炸聲與衝擊讓亞絲菲扭曲著臉，重複上演的光景令她倒抽一口冷氣。

（神的名字……不對，是人名!?）

男人與女人此起彼落的死前叫喊，消失在爆炸火焰的另一頭。呼喊著疑似某人名字的詞語自爆身亡的異常集團，令她寒毛直豎。

這一切都是在證實對神的忠誠，抑或是為了主神神意而捐軀？

他們現在在對抗的敵人，究竟是什麼樣的一個【眷族】？亞絲菲感到背脊發涼。

同時她以顫抖的心低語：這種行為能被允許嗎？

「一群瘋子，被神束縛的愚人們……真是滑稽。」

——在另一處，遠離亞絲菲等人的位置，大空洞的最深處。

旁觀這場鬥爭的白衣男子嘲笑著，伸出一隻手臂。

他指向戰場，頭盔深處的兩眼瞇細起來。

「食人花。」

男人一開口的瞬間，大空洞中的怪獸全都抬起頭來。

簡直像是受到一個意志統率似的，怪獸打破沉默，以驚人之勢開始行動。

牠們破壞關住自己的黑籠，從周圍開始蛇行，殺向亞絲菲等人身邊。

「什麼!?」

「怪獸行動了!?」

連食人花都加入戰局，開始了總攻擊。

看到怪獸好像算準時機似地蜂擁而來，【荷米斯眷族】痛苦的哀叫更大聲了。數以百計的觸手與巨大獠牙冷酷無情地襲向團員們。

「嗚喔喔喔喔喔喔喔喔啊啊啊啊啊啊啊啊!?」

食人花的矛頭不只指向亞絲菲等人。牠們亂揮觸手，看到誰就打誰，連眼皮底下的長袍人都不放過。下半身被吞進巨大下顎、咬著亂甩的敵人尖叫連連，鮮血四濺。

怪獸不分敵我，肆意蹂躪。

「全都亂掉了……!?」

現場陷入極度混戰。

連同敵人一起吞噬的食人花，以及絲毫不怕自己落入怪獸口中，一味襲擊亞絲菲等人的死戰集團。他們一落入怪獸手裡馬上自爆，不停遭受波及的【荷米斯眷族】既不能聯手行動，也無法有效防衛，眾人亂了陣腳，顯現出人間地獄般的慘狀。

就連後衛都得設法保護自己，被怪獸觸手追殺的露露妮不禁叫苦連天。

「這樣下去不妙……！」

面對崩潰的戰線，亞絲菲的臉上燃燒著焦躁。

分不清是敵人還是己方的人員，一個個倒了下去。

這樣下去全滅只是時間問題。發狂的怪獸凶猛肆虐，己方無力招架，又怕被身穿長袍的死戰集團自爆波及，無法盡情展開攻勢。

在這種狀況下，撤退也幾乎是不可能的。一放棄抗戰轉身逃命的瞬間，小隊就會被徹底擊潰。

（那個沒品的白衣男人……！）

亞絲菲一邊揮動短劍解救同伴，一邊從敵兵與怪獸之間的空隙瞪著前方。

在穿著異色長袍的男人後方更遠處，全身白衣的謎樣人物正悠然欣賞著戰場。亞絲菲沒看漏，是戴著白骨頭盔（掉落道具）的那個男人一個動作，讓怪獸們一齊展開行動的。

——很可能是馴獸師！

亞絲菲從少之又少的選項中，假定出敵人的底細。

大量怪獸加上成功馴養超大型，雖然在在違反了常識，但只要把這座變異的糧食庫也想成馴獸師的所作所為，就還算說得通。而且那人與目前的戰況肯定脫不了關係。

自相殘殺會正中敵人的……不對，是正中那個白衣男子的下懷。

就算能解決掉死戰集團，己方也會消耗大量戰力，屆時再受到怪獸們的攻擊，就不堪一擊了。

包括指揮死戰集團、身穿異色長袍的男人在內，只要能擊潰這兩個頭頭……

為了突破目前混亂的狀況，亞絲菲一腳蹬地，飛馳而出。

「法爾加，你來指揮！把所有人聚集起來，撐住戰局！」

話音甫落，亞絲菲拿起爆炸藥，往戰場的正中央扔去。

她的投擲目標是一名長袍男子。那人瞠目而視，只見小瓶子命中了他的身體，炸裂開來，並且引爆了自裁用的火炎石，掀起大爆炸。

怪獸也好，死戰集團也好，周圍所有生物都被一起炸飛。另一方面，在虎人的號召下，露露妮等人迅速重組陣形，亞絲菲則是飛奔穿越了爆炸火海。

她用自製披風裹住全身，保護自己免受強烈熱風侵襲，一直線橫越戰場。

看到她突破了死戰集團與怪獸形成的壁壘，異色長袍的頭目驚愕失色。

他趕緊舉起裝備的單手劍，然而急速進逼的刀光比他更快。

「嘎啊!?」

亞絲菲錯身而過之際，不容分說地將對手一刀砍倒。

她任由水色秀髮飄動，將虛軟倒地的男人拋在背後。

緊接著，她飛速前往白衣男子身邊。

亞絲菲握緊短劍，想與在大主柱下按兵不動的詭異敵人來場肉搏戰。

「不做無謂抵抗，讓食人花吃了就算了……」

害我多費功夫。白衣男子嘴角擠出皺紋，主動迎上去。

他遠離了雌性胎兒依附著的大主柱，似乎有意迎擊。

兩者間的距離轉眼間縮短。亞絲菲緊盯始終赤手空拳，只是佇立著的男人，想一刀捅死他，更加快了速度撲上去。

「動手。」

「!?」

說時遲那時快。

就在與男人的距離縮短到五步之內時，霎時間，無以計數的綠槍從地面射出。

眼見成排槍林從下方急速逼近，亞絲菲以直角軌跡往旁一跳，硬是轉換方向以躲掉奇襲。

大難不死的她慌忙轉頭一看，只見地面長出大量觸手，保護著男人。緊接著，好幾隻食人花撕裂了綠肉地面，從地底下冒了出來。

這群似乎原本就潛伏於地下的怪獸，有如伏兵般擋在亞絲菲的面前。

「身手不錯嘛，冒險者……不對，【萬能者】。」

「唔——!?」

「不過我得要妳的命。」

發出讓人膽破心寒的聲音，男人操縱著怪獸進攻。

亞絲菲努力擺脫緊急閃避造成的反作用力，試著重整態勢，但男人不給她那個時間，唆使整群食人花攻擊她。

花頭大顎簡直有如九頭龍(Hydra)般接連不斷地咬向亞絲菲，她只能以不安定的姿勢拚命躲避。然而獠牙攻勢再加上無數觸手亂打一通，她一下子就變得無處可逃。

亞絲菲以披風擋掉觸手，造成身體後傾，敵人馬上從四面八方攻擊她。

表情歪扭的亞絲菲，嘖了一聲，以手指輕撫裝備在腳上的靴型涼鞋。

「『塔拉利亞』。」

雙唇輕吐詞語的同時，觸手與獠牙刺向她的身上。

怪獸撕破了綠肉地面，碎裂聲反覆響起。

「什麼？」

全身白衣的男子，這時抬頭仰望頭頂上方。

被觸手與獠牙刺穿的地面，並沒有應該存在的屍體。看到亞絲菲憑空消失，怪獸們困惑地舉目四望，只有白衣男子的視線，停留在空中的一個點上。

在洞頂高聳遙遠的大空洞裡，亞絲菲張開靴型涼鞋上的潔白羽翼，飄浮在空中。

「飛上天了……」

亞絲菲讓驚訝的白衣男子與還在戰鬥的死戰集團視線集於自己一身，俯視著下方。

這就是飛天鞋（塔拉利亞），是【萬能者】發明的魔道具傑作。

這雙鞋子藉由張開左右合計四片的成對雙翼，能夠給予裝備者飛行的能力。這在【萬能者】的發明當中，具有特別神奇的能力，因此一直被隱藏至今，是「神祕」的結晶。

在怪獸集團與白衣男子的仰望下，飛向高空的亞絲菲扶了扶眼鏡。

「你們可是逼得我連飛天鞋（這個）都用上了，我得把你們解決乾淨。」

抛下這句話，亞絲菲伸手到披風底下。

她拿出了皮套裡的所有爆炸藥，連備用品都砸下去，雙臂霍地張開，將小瓶子灑向下方。

白衣男子頭盔深處的眼睛瞪得老大。

裝滿猩紅色液體的爆炸彈發出大雨傾臨般的聲音，從空中投向戰場。

「————!?」

轟炸行動開始。

拔樹撼山的爆炸火花瘋狂綻放，將怪獸一隻接一隻炸飛，甚至蓋過了臨死慘叫。色彩斑斕的花瓣、尖牙與肉片、觸手、怪獸的長條身軀，統統都被炸個粉碎。

亞絲菲以剩下的彈藥，灑下爆炸藥的驟雨。

她神色不改地俯視下方，看著這場冷酷無情的殲滅戰。

「嘖!?」

白衣男子勉強操縱怪獸形成保護牆，烈焰的魔爪也燒到了他。填滿周圍一帶的猩紅色閃光自四面八方而來，扯裂了怪獸們形成肉盾的身軀。

足以稱為地毯式轟炸的規模，震盪了整座大空洞。

「——!!」

在沖天的濃煙當中，亞絲菲見機不可失，俯衝下來。

她衝進圓頂型濃煙裡，繼續加速。身為製作者本人，她用起飛天鞋靈活自如，如鷹隼般自上空急速接近獵物。

乘著阻塞視野的白煙，她對敵人發動了強襲。

（太慢了！）

她急速下降後貼著地面滑翔，急速逼近男人的背後。

亞絲菲避開男人警戒的頭頂上方，攻其不備，雖然對方即刻做出反應，但還是她比較快。

敵人連躲都躲不掉，手無寸鐵地接受亞絲菲的必殺一擊。

——到手了！

鋒利的短劍如靈蛇出洞，向前刺出。

「——」

然而。

「!?」

她的劍刃被對手空手、、抓住，擋了下來。

「什麼……!?」

眼前的光景令亞絲菲瞠目結舌。

白衣男子一轉身，左手抓住了短劍，接下這一招。

即使對手有勇無謀地空手抓住武器，卻竟然能只以一隻手臂，完全壓制住搭配飛天鞋最大速度的突刺攻擊。

太不合理了。把劍身握在掌心裡的男人，左手雖然在流血，劍刃卻無法割開手指皮膚底下的肌肉。豈止如此，不管Ｌｖ．４的亞絲菲如何推拉，被握住的短劍都文風不動。

強韌的肌肉組織，加上駭人的怪力。

以及白骨頭盔底下不帶感情的男人雙眼。

莫名的冷顫侵襲著亞絲菲。

腦中敲響的警鐘，催促亞絲菲放開了劍想脫身，然而敵人可沒那麼好心。

「哼！」

「咕啊!?」

亞絲菲被敵人抓住前襟，直接砸向地面。

超乎尋常的臂力讓亞絲菲在地面翻滾了好幾次。她撞上散亂一地的食人花屍體，一邊衝散屍塊一邊遠遠飛去。

跌傷的肩膀痛楚讓亞絲菲咬緊牙關，她勉強將腳踩進地面，抵銷撞擊力道。

在依然瀰漫四周的濃煙裡，她猛然站起來。
亞絲菲的視線從這一頭掃向那一頭，試著在濃煙中找出消失在視界裡的男人。
爾後。
咕沙一聲。
「——吱！」
亞絲菲的胴體，發出了可怕的聲響。
接著以發出聲音的部位為中心，她的身體像著了火般發燙。
血紅水漬在戰鬥服上暈開。光輝閃耀的銀色劍身塗上了鮮血，從亞絲菲的腹部穿了出來，她發著抖，將視線轉向背後。
全身白衣的男人就站在那裡。
他晃動著白髮，以熟悉的短劍，捅進了亞絲菲的身體裡。
亞絲菲的武器如今刺穿了自己的側腹部。面對以驚人速度繞到自己背後的敵人，她冷汗直流，接著從唇瓣中吐出了鮮血。
隨著劍身滑溜地從身上拔出，亞絲菲噴著血，倒在地上。
同時，她詛咒著自己的輕忽大意，以及敵我之間深不可測的實力落差。
「亞絲菲!?」
匡啷一聲，亞絲菲的短劍被扔在地上。

遠方傳來露露妮的慘叫。團長倒地不起的模樣造成【荷米斯眷族】大受打擊，原本勉強保住的戰線開始全面崩盤。

當金鐵交鳴的聲音激烈傳來，全身白衣的男子走到亞絲菲身邊。

男子一腳踩壞具有翅膀的飛天鞋，抓起了她的玉頸。

「嘎，咕……!?」

「只剩半條命了吧？」

亞絲菲的身體被輕鬆舉起，兩腳浮空。

純白披風與衣裳被鮮血染紅的模樣，彷彿被釘在十字架上的聖女，即使在這種狀況下，仍然美得淒絕動人。

流出的血滴，在地面形成一灘血池。

白衣男子用一隻手緊緊掐住亞絲菲的細頸，面露笑容。

「放心吧，我很清楚冒險者有多耐打……我會給妳個痛快的。」

他的手指陷入了亞絲菲的喉嚨。

亞絲菲扭曲著臉掙扎抵抗，想甩開他的手。男人頭盔深處的眼瞳蘊藏著暴虐凶光，想一口氣捏爛女子溫熱的頸項。

然而——就在這時，一道奔雷在大空洞中轟然作響。

「!?」

白衣男子轉頭一看，只見視野遠方，出現了一個狼人正在發威——還有兩個精靈舉起了法杖。

「【高傲的戰士啊，森林的射手隊啊。進逼的掠奪者在前，拿起你們的弓。回應同胞的聲音，搭箭上弦】。」

與伯特他們一同抵達大空洞的蕾菲亞，跟在菲兒葳絲的詠唱後面，準備進行炮擊。

——打算前往糧食庫的蕾菲亞他們跟艾絲等人一樣，也是破壞了綠牆的「門」進來的。變了樣的地下城——噁心的植物迷宮足夠引起他們內心不安，使三人加快腳步，急著趕到了此處。

掉在地上的水晶碎片指出了前方小隊的足跡，只要再跟著被打倒的怪獸屍骸前進，要抵達這座大空洞相當容易。

「媽的，這是什麼狀況啊！」

一看見遭受長袍集團與食人花圍攻的冒險者小隊，伯特立刻一邊咒罵，一邊奔向戰場。

看來他想先幫助被食人花（怪獸）攻擊的小隊。追隨著他當機立斷的行動，菲兒葳絲施展魔法做掩護，幾乎在同一時間，白銀長靴豪爽地踹飛了怪獸。讓冒險者驚訝的視線集於自己一身，伯特開始驅逐敵軍。

「【點起烈焰吧，森林的燈火。命你放箭，精靈的火矢】。」

伯特將殺來的傢伙全數視為敵人。

一邊嘶吼一邊撲過來的長袍男子們，還來不及做出奇怪的自爆舉動，就被伯特的拳腳功夫打飛出去，一擊就失去意識。

至於企圖靠近蕾菲亞的食人花，則被詠唱咒文之餘同時擔任誘餌的菲兒葳絲親手擊退。

「【如雨驟降，火燒蠻族】!!」

詠唱完成的瞬間，腳下的濃金色魔法陣發出了強光。

冒險者小隊的少女，小人族魔導士猛一回頭，變了眼色大叫道：

「大、大家快逃!?」

充填的「魔力」規模把少女魔導士嚇得發抖。

冒險者們聽到警告，紛紛退開的同時，蕾菲亞解放了受到同樣身為魔導士的少女畏懼的炮擊魔法。

「【齊射火標槍】!!」

火炎豪雨傾盆而下。

一發射就能將大群怪獸一掃而空的廣域攻擊魔法，震撼了戰場。

魔力輸出提升到最大，將射程距離擴大到極限。長袍集團紛紛抱頭鼠竄，拚命躲避火矢，他們扔下食人花，好不容易才逃出了效果範圍。描繪出拋物線的大量魔法彈覆蓋了大空洞的一半空間，一舉消滅所有的長條巨獸。

所有人的視野，都是一片紅光。

「什麼！」

看到對方施展的強大廣範圍魔法，全身白衣的男子大吃一驚。

好幾發錯開瞄準對象的流彈在他眼前命中地面。炸碎的地面發出衝擊波，男子用空出的一隻手臂護著臉。

而就在形勢意外逆轉之時，被掐著脖子高高舉起的亞絲菲，赫然睜大了一雙碧眼。

她擠出吃奶的力氣，從皮套中拔出副武裝（匕首），捅進抓起自己的手腕。

「唔!?」

「!!」

男子的握力一時鬆了點，亞絲菲脖子獲得解放的同時，一腳踹向男子的胸膛。

隨著火矢流過視界之外，亞絲菲腹部噴著鮮血，逃出了男子的手掌心。

「可惡的東西……」

男子拔出插在手腕上的匕首，瞪著倒在地上的亞絲菲。

她倒在離男子有一段距離的前方，「喀哈，咳嗯……!?」痛苦掙扎著。男子按住出血的手腕，正要走到她身邊，然而一陣特別大的炮擊聲與閃光炸裂開來，使他停下腳步。

他拋下奄奄一息的亞絲菲，目光與意識轉向新的一批入侵者。

「哈啊，哈……這裡究竟是……？」

將怪獸大軍全數殲滅後，蕾菲亞放下魔杖，重新環視周遭。

被綠肉包覆的洞穴裡，有三朵巨花寄生在大主柱上。被齊射炮擊（齊射火標槍）炸出大洞的地面發出可怕聲音慢慢復原。洞頂與壁面被數不清的花苞淹沒，隨時綻放著色彩斑斕的花朵，生出滑溜溜的食人花。

這些花苞全都是食人花怪獸——蕾菲亞察覺到這一點，臉色大變，同時也對這座植物迷宮產生了疑問。

接著，她看到周圍滿地的死人，倒抽了一口冷氣。

「好幾個勢力陷入混戰……？」

燒死的許多具屍骸、冒險者集團，還有怪獸。菲兒葳絲在蕾菲亞身旁皺著眉頭，低聲說道。

「妳……妳是蕾菲亞，對吧!?」

「咦！露露妮小姐!?」

聽到犬人露露妮呼喚著自己的名字，蕾菲亞跑到她身邊。

這個在里維拉鎮事件相識的女孩，跟同伴一樣渾身是傷。

「您怎麼會在這裡——」

「喂，艾絲人不在這裡嗎？回答我。」

打斷了蕾菲亞的問話，伯特從一旁岔進來，逼向露露妮。

單膝跪地的犬人少女被他這麼一瞪，嚇得獸耳與尾巴跳了起來。

「劍、【劍姬】剛才還跟我們在一起……但後來被引開了。」

「啊啊？被引開？」

「先、先別說這了！拜託！救救亞絲菲吧！」

伯特與蕾菲亞正覺得疑惑，露露妮挺出了上半身。

順著她拋出去的視線一看，只見遠處站著個全身白衣的男子。再離遠一點的地方，躺著一具渾身是血的女性軀體。

暗沉白髮從頭盔中灑落的陰森男子，定睛盯著他們。

「那傢伙一定知道這座莫名其妙的糧食庫，還有那些食人花（怪獸）是怎麼回事！一定是他搞的鬼！」

「……！」

「我們的事情之後再跟你們解釋清楚，所以拜託，現在先救亞絲菲……！」

彷彿對露露妮的懇求表示肯定，男子單臂一揮，兩隻剛從牆上誕生的食人花，拖著身軀爬到他的身邊。

面對率領怪獸的白衣男子，伯特瞇細了眼睛，蕾菲亞則是受到震懾。

頭盔深處發出的視線帶有明確敵意，菲兒葳絲也在蕾菲亞他們身邊擺好架勢。

「喂，把劍拿來。」

「好、好的!?」

伯特目光緊盯白衣男子，對蕾菲亞說道。

她趕緊打開掛在肩上的筒形背包，從中取出劍身長達五十C的雙劍。這是在離開總部前，伯特讓她準備的武裝。

「雖然有夠麻煩，不過我就幹吧。而且我看那傢伙的眼神就不爽。」

露露妮眼看團長（亞絲菲）已經敗給敵人，知道自己與同伴贏不過敵人而尋求協助，第一級冒險者也答應了。面對蓄勢待發，擺明了不打算留任何活口的白衣男子，伯特琥珀色的眼瞳開始蘊藏凶光。

他一裝備起雙劍的瞬間，彷彿以此做為契機，食人花發出破鑼吼叫，從男子身邊飛竄而出。

「那些穿長袍的傢伙我們會設法應付！拜託妳們也去幫他吧！」

「我、我知道了！」

露露妮看著飛步前進的伯特，大聲叫道。

在她們的周圍，重整態勢的長袍集團正要開始行動。露露妮的同伴以道具做好緊急處理，也扛起了武器，蕾菲亞點頭回應露露妮的請求。

菲兒葳絲也點點頭，蕾菲亞與她並肩奔馳，追在伯特身後。

第二場攻防戰，在完全走樣的糧食庫裡開打。

「————!!」

「礙事！」

伯特反手握著雙劍，應付正面來襲的兩隻食人花。

兩道刀光一閃，深深砍傷了敵人的身軀，造成致命傷。伯特把痛苦翻滾的怪獸丟給後面跟上的蕾菲亞她們解決，自己則衝向全身白衣的男子。

菲兒葳絲咒罵一聲，給了被迫接收的怪獸致命一擊。

「少炫耀這些無聊的花招!!」

「接二連三地冒出來，可惡的冒險者！」

伯特與白衣男子展開對決。

如鐮刀般犀利的上段踢，被憤怒的男子輕鬆躲開，揮了個空。露出背部的伯特眼看就要遭受男子反擊——然而灰色皮毛以更快的速度掉轉身子。

伯特換腳做軸心連續施展迴旋踢，男子驚愕地舉起右臂防禦。

「咕!?」

擋下腳踢的前臂一陣酸麻，強大威力讓男子發出呻吟。

「嘖!?」

伯特也對敵人的反應速度與硬如鋼鐵的手臂嘖了一聲。

「【凶狼(Vanargand)】……原來如此，你們是【洛基眷族】！是追著【劍姬】而來的嗎!!」

「！該死的東西，你把艾絲怎麼樣了!?」

看到男子在頭盔下揚起嘴角，伯特齜牙咧嘴地撲了上去。

對手有驚無險地躲掉雙劍斬擊，一面反擊一面回答：

「我的同志在當她的對手。別擔心，我想她現在八成缺了條手臂，正在被那傢伙疼愛著吧？」

「——我宰了你。」

發出超越巨狼（怪獸）的殺氣，伯特提升了速度。

他熾烈地進攻，欲拿敵人血祭。全身白衣的男子也歪扭著嘴角，揮動強韌的雙臂反攻。

「伯特先生!?」

「維里迪斯，不要衝出去！快做掩護——!?」

蕾菲亞她們追上了展開近身戰的伯特，打算以魔法做火力支援。

然而無論是她，還是催促她做掩護的菲兒葳絲，舉起的法杖前端都被迫不斷地掉轉方向。

（太、太快了——）

——沒辦法瞄準！

男子與伯特展開了風馳電掣的肉搏戰，讓蕾菲亞她們不及捕捉。

光是肉眼能看到的幾次，都是驚人的攻擊與反擊。才看到其中一人防禦，那人又立刻繞到側面，位置變換令人眼花撩亂。蕾菲亞她們剛要出手，兩人的身體卻又轉向反方向，使法杖的前端不停晃動，無法好好瞄準。

狼人的灰髮與頭盔中伸出的暗沉白髮劃出斜線，留下軌跡。

「第一級冒險者，竟有這麼厲害……」

菲兒葳絲的赤緋雙瞳搖曳著，蕾菲亞的蔚藍雙瞳，也對無法忽視的這幕光景受到震撼。

——與伯特先生，打成平手!?

那個全身白衣的男子，竟能與【洛基眷族】當中身體速度首屈一指的伯特・羅卡不分軒輊。

隸屬於都市最強派系的蕾菲亞，不敢相信竟然有人能與派系幹部平分秋色。

雖然速度略遜一籌，但光看臂力的話，那人絕對在伯特之上，還有異常耐打的韌性。

儘管白銀金屬靴好幾次突破防禦直接命中，白衣男子卻沒有一點受創的反應。他讓伯特的表情扭曲，並縱橫交貫地使出彷彿能剜肉剔骨的掌擊，由上而下的一擊掠過伯特的戰鬥服，打碎了地面。

那種感覺——蕾菲亞產生了強烈的既視感。

閃過腦海的，是在里維拉鎮上與艾絲激烈衝突的紅髮女子。

公認實力一流的【劍姬】被打得無法還手，而且她還空手彈開了蕾菲亞的大閃光（魔法）。

那種硬上蠻幹的戰鬥方式，與眼前的光景十分酷似。

「食人花！」

當蕾菲亞跟不上時間的經過時，戰況起了變化。

在伯特他們頭頂上的高處，存在於綠肉洞頂的無數花苞當中，有好幾朵開花了。朝著正下方暴露出醜惡獠牙與口腔的食人花怪獸，彷彿回應著男子的呼喚，接二連三地掉落下來。

伯特躲開砸向自己的長條影子，隨之一陣轟然巨響，墜落地面的食人花挺起身子，開始襲擊他。

「臭傢伙!?」

伯特以雙劍應付總共四隻怪獸的攻擊，但白衣男子踹著長條身軀一躍而上，趁勢對伯特展開追擊。

腳上的金屬靴，從正面擋下冷笑男子的掌底。

沉重的衝擊讓伯特姿勢一個不穩，霎時間大量鞭子翻江倒海地往他襲來。

「伯特先生!?」

伯特殺退了所有觸手，然而男子再度乘勝追擊。

在蕾菲亞的視線前方，伯特沒有多餘精神對怪獸展開反擊，完全屈居下風。

「——對不起，菲兒葳絲小姐！請保護我！」

不等菲兒葳絲回答，蕾菲亞舉起魔杖，開始詠唱。

「【解放一束光芒，聖木的弓身】！」

她張開魔法陣，高聲唱誦咒文。

蕾菲亞利用食人花會對「魔力」起反應的習性，拿自己當誘餌引開怪獸，以減輕伯特的負擔。

「別理她，食人花！先幹掉那個狼人！」

「!?」

然而男子的聲音，制止了食人花想轉換方向的行動。

怪獸們以男子的意志為優先，繼續攻擊伯特。馴獸師一句話，就阻止了蕾菲亞的打算。

「嘖!?」

拎著短劍與短杖的菲兒葳絲衝向伯特身邊。

內心動搖的蕾菲亞也認為只能繼續施展魔法做掩護，於是切換心情，專心編織咒文。

「【汝乃弓箭名手】！」

焦急的蕾菲亞，看著前方菲兒葳絲以短劍斬斷怪獸的觸手。

在破鑼慘叫聲之間，純白戰鬥服穿梭自如。她發揮「魔法劍士」的本領，以迅捷身手與攻擊砍斷了一隻食人花的脖子。

菲兒葳絲以右手短劍解決怪獸的性命，又將左手短杖筆直向前伸出。

「【狙擊吧，精靈射手】——」

「【破邪聖杖，掃蕩我的敵人】！」

她流暢地進行超短文詠唱追過蕾菲亞，完成了魔法。

執行了「並行詠唱」，菲兒葳絲將短杖——對準了全身白衣的男子。

「【至神・酒神之杖】！」

投入龐大精神力的迅雷應聲射出。

黃金雷電挖穿了射擊軌道上食人花的一部分身軀，飛向全身白衣的男子。

「蠢蛋!?」

看到這副光景，大叫出聲的是伯特。

他正在勉強消滅剩下的食人花時，全身白衣的男子面露嘲笑，主動衝向這道雷擊。

菲兒葳絲睜大了赤緋雙瞳。

男子伸出的左臂接住了電流，配合著前進往左右兩邊撕開。雖說是超短文詠唱，但好歹也是Ｌｖ．３的魔法炮擊，而敵人竟然能將其撥開，還一路進攻過來，實在太荒唐了，精靈少女當場僵在原地。

正在詠唱而無法發出慘叫的蕾菲亞臉色刷青，嘴唇凍結。

「太弱了！」

男子揮起掌底，菲兒葳絲反射性地試圖架開。

她斜著架起短劍，然而這點小掙扎根本不足以抵擋爆發的強烈一擊。劍身被打個粉碎，她的身體飛向後方。

全身白衣的男子加速狂奔，企圖送倒在地上的菲兒葳絲上西天。

「妳這白痴精靈！」

「咕啊⁉」

就在男子的追擊即將命中菲兒葳絲的身體時。

伯特一邊怒罵一邊衝上前，一腳把菲兒葳絲踹飛出去。

少女的身體向外遠遠彈開，全身白衣的男子嘴角咧開冷笑，伯特臉上的刺青扭曲變形。

像是在嘲弄挺身搭救少女的狼人，男人高舉手臂，要奪他性命。
蕾菲亞現在開始詠唱也來不及了，戰況完全陷入死局。
面對逼近眼前的必殺一擊，伯特以不安定的姿勢準備防禦。
「——」
然而，突然間。
男人原本嘲笑地瞇細的眼睛，好像注意到了什麼，瞠目而視。
緊接著，白衣男子做出了難以理解的舉動。
他停止了前進，上半身往側面一閃。就在蕾菲亞心中不解地暗叫一聲時，霎時之間——
從原本空無一物的空間，響起了揮砍的風切聲。
男子的頸項飛過一道紅線，鮮血頓時如泉湧噴出。
就在蕾菲亞、菲兒葳絲與伯特都滿臉驚愕時，全身白衣的男子氣憤地單臂一揮。
「這傢伙!?」
橫打的一拳發出沉重聲響，擊中了某個東西。
只聽見一陣類似鐵片的破碎聲，接著突如其來地，一名女性的嬌軀憑空現形。
（——【萬能者】！）
眼裡映照出閃耀的水色秀髮，蕾菲亞看穿了出現的女性是什麼人。
不是別人，正是馳名都市的魔道具製作者，露露妮請求他們幫助的【荷米斯眷族】團長，亞絲菲・阿爾・安朵美達。

即使她已奄奄一息，仍然裝備起能夠形成「透明狀態（invisibility）」——無人能看穿的魔道具，偷襲了男子。

「——你活……該！」

裝備的漆黑頭盔被對方破壞——「透明狀態」遭到解除——黑鐵碎片散落開來。

渾身是血的亞絲菲發出虛弱的聲音，笑了一笑，就無力地倒在地上。握在她手裡的短劍散發著無畏的光澤，在怒火中燒的男子眼裡反射光彩。

被短劍砍中，自頸項噴湧而出的大量鮮血。

見對手一下子站立不穩，嗜血的凶暴野狼伸舌舔嘴。

伯特橫眉豎目，即刻展開反擊。

「喝啊啊啊啊啊啊啊啊!!」

「呃喔!?」

利箭般的前踢，加上雙劍的亂舞。

腳踢與斬擊猶如疾雨暴風，追著白衣男子猛砍猛打。

男子的身體被砍飛、被踹飛，連連後退。雙劍砍得他的衣服連帶皮膚滿是傷痕，金屬靴造成的強烈衝擊打穿了他全身。

男子踉蹌兩步，臉部終於結結實實地挨了一記上段踢，頭盔冒出無數條裂紋。

「不要得意……忘形啦啊啊啊啊啊啊啊啊啊啊啊啊啊啊啊啊啊啊!?」

男人憤怒地吼叫，試圖將伯特的猛攻頂回去。

他無視於身上的割傷，勃然大怒，一拳捶斷了刺出的雙劍。伯特扔掉失去用處的兩把劍，自己也怒吼一聲，以比之前更快的速度繼續進攻。

雙方互不相讓。

「——【射穿吧，必中之箭】！」

面對持續上演、一進一退的攻防，蕾菲亞到了這時候，終於完成了詠唱。

箭已上弦，弓也已經拉滿，只待射出了。

對上受到好幾次猛烈攻擊而傷痕累累，卻仍然毫不退縮的男子——有如樓層主般耐打的對手，伯特欠缺了決定性的火力。要發射炮擊(魔法)就趁現在。

——該怎麼做？

然而，蕾菲亞心中產生了猶豫。

如果只是單純地發射「魔法」，想也知道不會有用。只會步上剛才的菲兒葳絲的後塵，跟上次那個紅髮女子一樣被空手壓下。

面對讓人聯想到紅髮女子的白衣男子，蕾菲亞猶疑不定，不敢解放弓弦。

「還在猶豫什麼啊!!」

「！」

這時，伯特的聲音像一隻手，抓住了蕾菲亞的肩膀。

他即使置身於激烈的攻防中，仍然瞥了一眼蕾菲亞。他朝著茫然佇立的蕾菲亞大聲叫道：

「來啊，射啊!!」

蕾菲亞與那琥珀色的雙瞳四目相交，眼睛一瞪，下定了決心。

她甩開迷惘，放開引滿的弓射出箭矢。

「【靈弓光箭】!!」

只見魔法陣爆開一陣強光，大閃光倏然射出。

對於一直線延伸的光柱，全身白衣的男子還是一樣，輕易做出了反應。

「學不乖的一群傢伙！」

男子筆直伸出右臂，打算接住魔法——然而大閃光卻在他的眼前轉彎了。

「!?」

直角轉彎的前方，伯特抬起白銀長靴，一腳踹向飛來的巨大光箭。

這是第二等級特殊武裝〖弗洛斯維爾特〗。以精製金屬（秘銀）製成的金屬靴，具有吸收魔法效果的特殊能力。

「做得好。」

攻擊魔法【靈弓光箭】則是具有自動追蹤的屬性。

蕾菲亞施展能不斷轉換方向直到命中對手的箭矢魔法，目標並非全身白衣的男子，而是自己人伯特。

看到蕾菲亞出奇制勝，將大輸出魔力的光彈送到自己手上——正確理解了自己的真正打算，伯特翹起了嘴角。

吃了魔法的右腳金屬靴，發出眩目的光輝。

「死吧。」

「!?」

伯特盯緊了敵人，以最高速度瞬間進逼。

全身白衣的男子趕緊回過頭來，但伯特不給他機會閃躲。

他眨眼間將雙方距離化為零，賞給對手一記閃光重擊。

「————————!?」

「魔法」的火力與長靴的攻擊力（衝擊力）合而為一使出的強光蹴擊，威力在白衣男子身上爆發。

架起雙臂防禦的男子，全身上下被絢爛強光籠罩有如超巨星，以驚人之勢飛向後方。

他的背部一路刨挖著綠肉地面，但遲遲不能抵銷力道。男子的身體掀起怪獸死後堆起的塵土，一直飛到巨花寄生的大主柱前，才好不容易停下來。

只有在鼓膜造成耳鳴的尖銳爆炸聲仍在迴盪，後方傳來的戰鬥聲戛然而止。露露妮他們【荷米斯眷族】正好在這時候勉強擊退了長袍集團。

「亞絲菲!?」露露妮大叫著，帶頭跟其他冒險者一起趕來。他們粗魯地把高等靈藥（high potion）灑在倒地的亞絲菲身上，甚至連露露妮珍藏的萬靈藥都當瀑布一樣倒下去，幫助她甦醒。魔導士的治療魔法光也灑落在她身上。

渾身被液體弄得溼透的美女，慢慢睜開眼睛，好像嫌麻煩地推開眼眶含淚的露露妮。

「解決了嗎……？」

「我那一腳是打算宰了他就是。」

亞絲菲搖搖晃晃地站起來，一旁的伯特定睛瞪著前方，回答按著肩膀的菲兒葳絲。他的靴子《弗洛斯維爾特》放出了填充的所有魔法力量，已恢復到平常狀態。

不管那人「耐久」數值多高，受到那必殺一擊，不可能全身而退。

更何況那還是伯特與自己使出渾身解數的合力攻擊。蕾菲亞緊張萬分，等著時間開始轉動。

在洞穴深處，怪獸塵土形成了煙霧。遮蔽視野的塵霧在空間中瀰漫，只有巨花的陰森律動，籠罩著鴉雀無聲的蕾菲亞等人。

「──」

當煙塵變得片片斷斷，慢慢散去時。

屏氣凝息地觀察情形的所有人，身體搖晃了一下。

從煙霧深處浮現出一個高大的影子，慢慢走了出來。

「這是什麼怪物啊……」

讓露露妮攙扶著的亞絲菲，瞇起了一隻眼睛。

全身白衣的男子，即使遍體鱗傷，仍然用自己的兩隻腳穩穩站著。

擋下伯特閃光攻擊的兩條手臂傷勢嚴重。前臂被打成肉餅，留下了燒焦的出血痕跡。除此之外，胸口等部位的戰鬥服也破了大洞，暴露出淡紅色的血肉。

白骨（掉落道具）的頭盔也被打壞，色澤暗沉的白色長髮垂落下來。

「……很可惜，不過……」

男子慘白的嘴唇動了起來。

他低著頭，在擋著眼睛的瀏海底下，陰森森地笑了。

「被『她』所愛的身體，不會因為這點程度就腐朽。」

就在他揚起嘴角，幾乎要撕裂嘴唇時。

男子的身體起了變化。

吃了伯特一擊的雙臂，連同被亞絲菲深深割傷的脖子。

慢慢地，傷口癒合起來。

「咦——」

蕾菲亞懷疑起自己的眼睛。

菲兒葳絲、亞絲菲、露露妮以及伯特也是一樣的反應。

那人並沒有發動回復魔法，卻具有違反常理的自我治癒能力。在蕾菲亞他們眼前，男子的傷口逐漸消失，彷彿從來沒受過傷。從他全身上下像蒸氣般淡淡冒出的輕煙，也許是「魔力」殘渣的極小粒子。

在場所有人都說不出話來。飄散的煙塵完全散去，男子緩緩抬起頭來。

「什……」

第一個反應的是亞絲菲。

看到男子病態的相貌，她像是受到極大衝擊，當場僵住了。

「菲、菲兒葳絲，小姐？」

「……怎麼會……」

接著，菲兒葳絲也跟亞絲菲做出了相同反應。

看到少女同胞愕然呆立，散發出非比尋常的氛圍，身旁的蕾菲亞感到心中一陣不安。

在她的注視下，菲兒葳絲張開了顫抖的雙唇。

「奧力瓦司．亞克特……」

一聽到她說出那白衣男子的名字，周圍所有人眼神都變了。

他們內心的混亂變成騷動，支配了整個空間。

「奧力瓦司．亞克特……妳是說那個【白髮鬼（Vendetta）】!?不可能吧!?」

露露妮發出近乎慘叫的聲音，看了好幾次男子的臉。

她從喉嚨中擠出動搖的聲音，彷彿想否定自己的記憶。

「因為，因為【白髮鬼】應該已經……!?」

只有蕾菲亞一個人不明就裡，跟不上狀況，緊張兮兮地環顧著周圍其他人的臉。
就在這時，原本茫然若失的亞絲菲——似乎終於忍受不了，大聲呼喊：

「不可能，死人怎麼會出現在這裡!?」

聲嘶力竭的喊叫響徹四周。
蕾菲亞不懂她的意思，看到亞絲菲令人毛骨悚然的表情、菲兒葳絲的側臉，以及露露妮他們的樣子，她只能凍結在原地。
只有伯特眯細了琥珀色眼瞳，瞪著全身白衣的男子——奧力瓦司。
「死、死人……？」
蕾菲亞低聲呢喃，並感覺到自己的嘴唇不聽使喚地痙攣。
石英的紅光照亮著大空洞，亞絲菲一口氣說出男子的各項情報，就像要擺脫自己的動搖。
「奧力瓦司．亞克特……等級估計為Ｌｖ．３，被命名為【白髮鬼】，是懸賞對象。主神已被遣返天界，所屬【眷族】也已經消失了。」
亞絲菲離開露露妮的肩膀，定睛瞪著男子，擺出迎戰架勢。
「他是惡名遠揚的黑暗派系使徒……而且也是『第27層的噩夢』的主謀。」
「——!?」

聽到這個名詞，蕾菲亞轉頭看向菲兒葳絲。

「第27層的噩夢」。那場死傷慘重，由黑暗派系引發的淒慘事件。同時也是從菲兒葳絲手中奪走了同伴與身為精靈的驕傲的直接原因。

在蕾菲亞的注視下，菲兒葳絲面無血色，只是呆站原地。

「他本人在那場事件當中，被公會麾下的【眷族】逼入絕境，最後成為怪獸的餌食……只剩下被殘忍咬斷的下半身，應該是確定死亡了才對。」

亞絲菲描述著他悲慘的下場，目不轉睛地注視著站在眼前的男子。

她露出恰似面對一場噩夢的表情，向奧力瓦司問道：

「原來你還活著嗎……」

「不，死了。但我遊走死亡邊緣後，又復活了。」

奧力瓦司驕傲地回答亞絲菲的問題。

身上受到重傷——身體發動了治癒力救活自己，彷彿成了契機，使得此時的他臉上浮現分不清是喜悅還是恍惚的表情。他用手從下往上，慢慢撫摸著自己高大的身體。

看到奧力瓦司的氛圍簡直像變了一個人，蕾菲亞一陣發毛。

她的眼光順著男人撫摸身體的動作移動，不幸地發現了一件事。

下半身撕破的衣服當中。

兩條腿染成了食人花外皮般的黃綠色。

而上半身還在進行治癒的皮膚，以及皮開肉綻的胸膛中央。

埋進了一顆色彩斑斕的耀眼結晶。

「——————」

蕾菲亞這次真的嚇傻了。

周圍其他人也注意到同一件事，臉色變得蒼白。

奧力瓦司露出獰笑，同時睜大雙眼，像是要向失去冷靜的蕾菲亞等人示威，把埋在胸膛裡的結晶——色彩斑斕的「魔石」暴露給他們看。

「我領受了第二生命！不是別人，就是『她』賜給我的!!」

背後的紅光，照亮了男子不祥的歪扭身影。

寄生在紅光來源——石英大主柱上的雌性胎兒動了一下，發出「怦咚」一聲。

五章
Hell And Hell
Гэта казка іншага сям'і.
Пекла і Пекла

男子的視野被封閉在黑暗裡。

血淋淋的耳朵，聽見了別人哭喊的尖叫，以及怪獸興奮的咆哮。

人們的慘叫層層重疊，來自四面八方，不絕於耳。

男子悲慘地拖著上半身，遠離怨氣沖天的地獄哀嚎。

男子的兩眼都被弄瞎了。

緊閉的眼瞼中流下帶血的淚水，男子在永無止境的黑暗深處不斷徘徊。

腰部以下的下半身也早已被扯斷。

他就像個死者，忘了人類該有的模樣，只用兩條手臂在地上爬。

全身殘缺不全，口中漏出呻吟，意識混濁。

身體好燙。

喉嚨乾得發痛。

牙關也咬不緊。

每次往前爬，身體就遺落掉某些不能失去的東西。

男子名符其實地化為活死人，不知何處才能安身，只是往地下城的黑暗深淵不斷前進。

難以置信的痛苦有如巨大漩渦，讓男子失去了理智。

要是一般人的話早已在這地獄裡氣絕身亡，然而刻在背上的「神的恩惠（Pharna）」卻不肯讓他解脫。

神的哄笑化為幻聽，傳進耳朵深處。天神彷彿把慘敗的男子當成笑話，高高在上地指著他開懷大笑，就算這只是沒有出口的迷宮（地下城）讓他看見的幻夢，也是惡劣至極的詛咒。

盈眶而出的血淚流露著憤恨，男子仍然想活命。

他憎恨自己以外的一切，並且對得不到救贖感到絕望。

最後，在漫無邊際的黑暗中徘徊的男子，終於用盡了力氣。

他停止了動作，任由鮮血汩汩流出，身子沉入血紅水池。

這裡沒有人的氣息，也沒有怪獸的呼吸。

在彷彿與世隔離的迷宮一隅，男子的軀體漸漸發冷——忽然，「嘶」的一聲。

有什麼東西匍匐著，爬到了斷氣的男子身邊。

從迷宮深處，伸出一條長長的觸手。

觸手前端，有一塊色彩斑斕的耀眼物體。

宛如引誘男子進入黑暗的另一頭，觸手滑溜地爬行著，纏住男子的屍體，將他翻了過來。

色彩斑斕的光輝，埋進了眼瞼緊閉、只剩上半身的軀體。

下個瞬間，男子的眼瞼霍地睜開，失去視力的雙瞳現出了黃綠虹膜。

野獸般的咆哮轟震四周。

蕾菲亞一顆心顫抖著，注視著黃綠眼瞳欣喜地扭曲的奧力瓦司。
光輝刺眼、色彩斑斕的「魔石」，以及與眼睛顏色同樣呈現黃綠色的下半身，都證明了此人已不再是人族。
困惑與目眩讓蕾菲亞弄不清自己站在哪裡。
然後是劇烈的噁心感。
眼前呈現人形的某種東西，讓身為精靈的蕾菲亞感受到強烈的恐懼——排斥感與「醜惡」。
「這究竟是在開什麼玩笑……」
亞絲菲不禁呻吟似地說，【荷米斯眷族】的成員們也都一陣驚慌。
這個敵人是人？
還是仿造人形的怪物（怪獸）？
胃裡累積的噁心感衝上喉嚨，終於讓蕾菲亞無法忍受，禁不住問他：
「你究竟是什麼……？」
奧力瓦司嘴唇漾著笑意，晃動他那一頭白髮。
「我是兼具了人與怪獸的力量，至高無上的存在！」
全身白衣的男子蔑視著蕾菲亞等人，狂傲地說。

好似實際證明著男子所言，他身上的無數傷口還在徐徐復原，埋著「魔石」的胸膛也漸漸癒合。

「你們這些只能依賴諸神『恩惠』的可憐蟲……怎麼能贏得了我？」

奧力瓦司故意嘲笑他們。

至於蕾菲亞，則是用她亂成一團的思緒拚命思考。

人與怪獸的力量。

擁有智慧與能力（能力值），又有著怪物般蠻力與強韌肉體的個體。

至今一連串的戰鬥當中，的確有幾個場面證實了這種近乎妄言的假設。

直接遭受第一級冒險者（伯特）的攻擊仍不退縮，異常的堅韌性；連「魔法」都能空手接下，脫離常軌的體能；最後是現在仍在持續當中，令人驚駭的自我再生能力。每一件都是用純熟的【能力值】不足以解釋的怪異狀況。

如果採信奧力瓦司說的每一句話，那就表示「她」這種存在，讓氣絕身亡的他重獲生命，變成了不同於人族的「某種存在」。

蕾菲亞的視野遠方，看見依附在大主柱上的雌性胎兒。

人與怪獸的「混種生物（hybrid）」。

眼前的奧力瓦司——或者連那個紅髮女子也不例外——難道會是這種荒唐無稽的存在嗎？

「怪人（creature）」這個字眼，閃過蕾菲亞的腦海。

「……你是黑暗派系的殘黨嗎？」

亞絲菲試圖保持冷靜，眼神犀利地追問道。

奧力瓦司承受著蕾菲亞等所有人的視線，似乎覺得很無聊，笑著回答：

「我跟那種過去的渣滓不一樣，我並非被天神操弄的人偶。」

黃綠眼瞳環顧四周。

只見滿地自爆的焦屍，以及一群沒死成，奄奄一息的長袍人。奧力瓦司以視線告訴他們，【荷米斯眷族】與蕾菲亞等人打倒的集團，才是愚蠢的黑暗派系殘黨。同時蕾菲亞聽他的口氣，推測雙方似乎只是合作關係。

洞穴內一片死寂。

被巨花寄生的紅色大主柱以及胎兒寶珠，都在發出陰森的光輝，亞絲菲再度開口道：

「這裡是什麼？你們在這裡打算做什麼？」

對於亞絲菲的一再質問，奧力瓦司很乾脆地回答：

「這裡是苗床（plant）。」

「苗床……？」

「沒錯，讓巨花（怪獸）寄生在糧食庫裡，生下食人花……這裡等於是中繼站，讓『深層』的怪獸在較淺樓層繁殖，再運到地表。」

奧力瓦司描述的內容，令蕾菲亞難掩驚愕之情。

原來食人花是「深層」出身的怪獸，更重要的是——

「怪獸能生下怪獸……從沒聽過有這種事。」

怪獸是從地下城誕生的。

地下城才是怪獸的「母體」。

這是絕對不會錯的。

是連諸神都承認的世界真理。

被巨花的身體組織籠罩的大空洞裡，到處都有花苞綻放，當眾人再度聽見食人花呱呱墜地時，蕾菲亞聲音抽搐著說：

「也就是說，是你做為馴獸師役使怪獸，製造出這個空間的？」

「不對，不是這樣。我並不是馴獸師。」

奧力瓦司加重了語氣，滔滔不絕地說：

「食人花與我，都是以『她』為起源的同胞（存在）。我做為『她』的代行者行動，怪獸們才會聽我的命令。」

彷彿受到過分尊榮而感動萬分，奧力瓦司語氣陶醉地解釋。

亞絲菲就像看到無法理解的事物那樣，露出厭惡的表情，問題直指核心：

「你的目的是什麼？」

奧力瓦司在黃綠色的雙瞳中暗藏寒光，笑了。

「毀滅迷宮都市（歐拉麗）。」

這句話讓許多人為之愕然，嚇得呆若木雞。

蕾菲亞周圍傳來好幾個人倒抽一口冷氣的感覺，她自己也不例外。

也許是下意識的舉動，露露妮單手硬是握住發抖的尾巴，開口說道：

「你、你知道你在……說什麼嗎？」

歐拉麗是建造在地下城正上方的巨大都市，也是地下城的防波堤。這座自古以來的要塞，與起了「蓋子」功效的「巨塔（巴別塔）」長年堵住了地下的「大洞」，防止怪獸入侵地表，是隔絕外界與迷宮的護牆，也可說是人類最後的堡壘。

歐拉麗的瓦解，代表著「古代」戰亂時代的重現。

人類與怪物（怪獸）之間永無止境、造成無數悲劇的戰爭，將會再度上演。

「我當然明白!!」

聽到露露妮這樣問，奧力瓦司發出歡呼。

「我是憑著自己的意志，要毀滅這座都市!!為了實現『她』的心願！」

在各自露出不同表情的蕾菲亞等人包圍下，奧力瓦司高聲宣言。

他對著困惑的露露妮等人，指了指背後。

「你們聽不見『她』的聲音嗎!?」

他伸直一條手臂，指向背後大主柱上的寶珠胎兒。

「『她』說想看天空！『她』朝思暮想著天空!!這是『她』的願望，既然如此，我就為『她』的願望犧牲吧!!」

他的聲音變得越來越高亢，彷彿沒有極限。

病態的蒼白臉龐，露出熱情高漲的笑容。

從那不得要領地侃侃而談的模樣，只能清楚知道一件事情，那就是男子對「她」忠心耿耿，而且執迷不悟。

「這座都市妨礙了沉眠於地底深處的『她』仰望天空！這座堵塞了大洞的都市必須毀滅！」

「代替愚蠢的人族與無能的天神，『她』才應該君臨地表!!」

「『她』跟把人族當成娛樂看笑話，大言不慚說什麼尊重生命，袖手旁觀的諸神不一樣！『她』賜給了我第二生命，用慈悲心懷對待我！」

奧力瓦司連珠炮似地說完，用嘲笑與暗藏的敵意睥睨著蕾菲亞等人。

「不是別人，正是『她』選上了我!!只有我，只有我們能實現『她』的願望！我一定會了卻『她』的心願!!」

看到男子訴說宿願的模樣，蕾菲亞明白了。

——狂信徒(fanatic)。

奧力瓦司信奉著他所說的，賜與他第二生命的「她」，到了盲目的地步。

想讓死者復活，就連做出「賢者之石」——永遠的生命——的那位「賢者」都失敗了好幾次，最終仍然無法企及那個領域。諸神受限於下界的規則（rule），最重要的是祂們尊重孩子們的人生，因此從未實行過死者復生的奇蹟；但奧力瓦司・亞克特卻親身領受了這種恩惠，而醉心於「她」這個存在。

對諸神失望透頂而改變的心意，將他自己用牢固的鎖鏈緊緊綁住。

「『她』才是我的一切!!」

在雌性胎兒的注視下，奧力瓦司堅決地說。

對於男子超乎常軌的氛圍，以及來歷不明的「她」這種存在，所有人都啞然無語。亞絲菲刺探似的窺視奧力瓦司，露露妮則是無力地左右搖頭，好像覺得這人瘋了。菲兒葳絲一直都無法發出聲音或講出半句話，站在原地無法動彈。

蕾菲亞也對眼前男子投以顫慄的眼光。

「少在那裡廢話連篇了。」

忽然間，伯特呸了一口口水。

狼人青年一副覺得無聊透頂的樣子，從眾人之間往前走出一步。

「講那麼多幹嘛，閉嘴受死就對了……反正我看你也動不了了吧。」

伯特先是傲慢地說，接著以野狼般的眼光瞪向他，同時指摘出這一點。

蕾菲亞等人驚訝地看向他的側臉。奧力瓦司沒有回嘴，閉口不語。

身為第一級冒險者的伯特，早已注意到對方長篇大論的言詞，是在爭取時間恢復體力。伯特覺察到他用上龐大魔力與生命力（能量）替自己治療，無法再像剛才那樣行動自如了。

對於伯特尖矛一般的視線，奧力瓦司「哼」地笑了一聲。

「想不到被你看穿了，真是佩服。」

奧力瓦司承認伯特判斷得沒錯。

然而即使想法被看穿了，他仍然露出膽大包天的笑容。

對方從容不迫的態度，讓伯特懷疑地瞪著他。

「『她』想為我延命的加護，我這副身軀還不足以承受……正如你所說，現在的我幾乎是動不了了。」

——我是說我。奧力瓦司加深了笑意。

霎時間，亞絲菲與伯特都像是察覺到了什麼，睜大了雙眼。

不給他們行動的時間，擁有【白髮鬼】之名的男子晃動著白髮，一隻手臂猛然高舉。

「動手——巨花（viscum）。」

緊接著，背後石英發出的紅光搖曳了。

寄生於大主柱的三隻怪獸當中，一朵巨大花卉蠢動起來，顫抖著，將濃豔刺眼的花瓣對著下方的小人們（蕾菲亞等人）。怪獸並未發出咆哮，取而代之的，是與大主柱還有綠牆融為一體的身體剝離、讓人想塞起耳朵的「吧哩吧哩」撕裂聲。

色彩斑斕的花朵發出強烈的腐臭——濃烈的屍臭。

蕾菲亞等人全都無法動彈，只見巨大的影子，巨大的長條身軀，依循著重力從他們的頭頂上墜落下來。

「——散開!!」

伯特激動地喊叫，就像是用腳去踹每個人的腰。

所有人都全速奔離原本站著的位置。蕾菲亞抓住茫然自失的菲兒葳絲的手腕，逃出覆蓋她們的黑影。身為敵方的奧力瓦司也往旁一跳，脫離黑影的範圍之外。

很快地，令人驚駭的體積就化為鐵鎚砸向地面，今天最大的一陣衝擊震撼了整個大空洞。

「～～～～～～～～～～～～～～!?」

「不、不會吧!?」

亞絲菲與露露妮以手臂護著臉，被產生的衝擊波震盪著全身。

當地面被炸個粉碎，綠肉也化為飛沫，有如大雨傾盆時，那條巨大身軀傲然存在於掀起的灰煙深處。

目睹了如同樓層主……不，從全長來看比樓層主大多了的巨花怪獸，高級冒險者們全都不寒而慄。

「衝散他們。」

聽從奧力瓦司的命令，巨花動了起來。

超重量級的身軀無法像食人花那樣高高抬頭，只能像蚯蚓一樣蠕動，一口氣攻擊周圍的所有冒險者。

「!?」

與少女（菲兒葳絲）分隔兩處的蕾菲亞，眼見又大又長的深綠身軀逼近，使出渾身解數閃避。

遇上如此巨大的對手，不完全的動作等於沒用。她踢踹著地面，一頭撲向地上，像拳頭一樣狠揍背部的風壓讓她轆轆滾動了好幾次。

周圍放眼望去也都是類似的景象。巨大的長條身軀光是蛇行一番，就足以要了冒險者的命。

「這種對手，我們的攻擊，有用嗎!?」

露露妮一邊閃躲從巨大身軀伸出的無數藤蔓觸手，一邊叫喚。

【荷米斯眷族】的人類少女（支援者）一邊四處逃跑一邊揮動「魔劍」，讓巨大身軀遭受火刃洗禮，但怪獸毫不介意。牠不在乎表皮爆開起火，繼續施行冷酷無情的蛇行攻擊。

冒險者踴躍拔出武器砍向怪獸，但對方不停蠕動，一再把他們從身上甩落。包括魔導士在內，想用「魔法」攻擊的人，都被無法防禦的巨大長條藤蔓觸手（鞭子）狠狠一抽，或是遭受剛出生的食人花襲擊。連詠唱的時間都沒有。

陷入混亂的戰況阻礙了他們聯手行動。

「該死!!」

伯特縱身一躍，從上空使出一記飛踢。

他把僅剩的「魔劍」充填到〖弗洛斯維爾特〗中，使出氣勢萬鈞的一擊，把巨花身體的一部分炸出個大洞，但也只是杯水車薪。怪獸雖然痙攣了一下，顯得很痛苦，但離致命傷還差遠了。

即使動作速度與攻擊都只算普通，但質量與規模差太多了。

面對用正常戰法太划不來的敵人，伯特嘖了一聲。

「呼哈哈哈哈哈哈哈哈哈哈!?去吧，巨花，把踏進這個神聖空間的冒險者們趕盡殺絕!!」

在一旁隔岸觀火的奧力瓦司放聲大笑。

男子手中還留有兩隻巨花，顯得遊刃有餘，全身上下的傷口也完全癒合。他悠閒地等體力回復，還不忘役使周圍的食人花襲擊伯特等人。

他神色愉悅地欣賞著占盡優勢的戰況。

「奧力瓦司・亞克特！」

「……？」

這時，有人滿腔怒火地叫了他的名字。

奧力瓦司轉頭一看，只見一頭黑亮長髮、身穿純白戰鬥服的精靈少女就在那裡。

「你引起那樣的慘劇，還有臉活到今天!?」

歪扭著美麗容貌的菲兒葳絲，以殺氣騰騰的視線與奧力瓦司對峙。

「你害得我的……同伴……我……!!」

「……喔，妳也是那場計畫的倖存者啊。」

「你竟敢……你竟敢……!?」

看到菲兒葳絲有如見到仇敵的眼神，奧力瓦司似乎察覺到她是「第27層的噩夢」的生還者。

白髮男子縮起下巴，傾斜著臉，露出一絲冷笑。

「我雖然謀劃了那場計畫，但同時也是被害者，還因此死過一次呢。好不容易才從神的噩夢中清醒……就當作是兩敗俱傷如何？」

「少胡說八道!!」

聽到奧力瓦司的玩笑話，菲兒葳絲大喝一聲。

她的手腳都在發抖。洪水般的憤怒從她整個纖瘦的身體噴發出來，一顆心也有如亂麻般紛雜。她無法阻止理性失控。

失去短劍的右手握成拳頭，左手用盡力氣握緊了剩下的短杖。

菲兒葳絲詛咒著自己目前實力不足，無法殺了這個男人報仇，心中充滿了憎惡。

「只有你，我絕對……！」

赤緋雙瞳蘊藏著怒火，菲兒葳絲舉起了短杖。

奧力瓦司顯得從容自在，承受著美貌傲人的精靈充滿殺意的眼光。

然後，他將視線輕快地移到菲兒葳絲的背後。

「陪妳玩玩雖然也有一番樂趣……不過拋下同胞沒關係嗎，精靈小丫頭？」

「——」

菲兒葳絲的雙眸震動了。

她轉頭望向後方，看著巨花恣意肆虐的戰場。

夾雜在無力招架的冒險者們當中，濃金色頭髮的精靈少女，正夾在巨花與食人花的攻擊之間死命應戰。

菲兒葳絲的臉龐苦澀地扭曲。

諷刺的是，居然是仇敵的一句話，喚醒了她失控的理性。

「妳的同伴好像死了……這次要棄那個精靈於不顧嗎？」

赤緋色的雙瞳，看見蕾菲亞受到激烈攻擊而全身是傷的模樣。

前方與後方，清楚分成了兩條路。

是要往前踏出一步，在憎惡烈火的驅使下消滅敵人？

還是要將手伸向後方，解救隨時可能跌下懸崖的同胞？

——「報喪精靈」。

以前不管旁人怎麼誇大描述這個令人避諱的名字，她從來不放在心上，然而此時這個名字卻閃過腦海，折磨著菲兒葳絲。

至今許多知情的同胞（精靈）都辱罵自己「丟人現眼」。

這是事實。

她從來不因此而心痛。

但即使如此，今天卻有人說自己「美麗」。

出現了一名少女同胞說骯髒的自己「美麗」，即使只是一句安慰話。

跟主神（狄俄尼索斯）一樣。

用率真的、令菲兒葳絲羨慕不已的清澈雙瞳，這樣對自己說。

妳連那個溫柔的少女，都要見死不救嗎——

隨著對自己的質問，深刻在內心深處的情景浮上心頭。

失去的前輩們（同伴）的叫聲，鮮明地重回耳裡。

——快逃啊，菲兒葳絲!!

——跑啊，快跑!?

——啊啊啊啊啊啊啊啊啊啊啊……

——這就對了，快走吧……菲兒葳絲。

——快逃啊……菲兒葳絲……!

——菲兒……葳絲……

——救救我。

被「噩夢」吞沒的同伴聲音糾纏著菲兒葳絲。一直侵蝕著內心至今的「噩夢」光景，將她的視界染成一片血紅。

壯烈的呼喊，染血的慘叫，哀戚的低喃，抓住了菲兒葳絲的心臟。

（我——）

眼前的仇敵似乎覺得很有趣，正在嘲笑自己。就在自己的背後，少女同胞正在應戰。

呆站原地的菲兒葳絲，最後——

「可惡!?」

轉身背對了奧力瓦司，衝向戰場。

「……！」

蕾菲亞以魔杖擋開了進逼的鞭子。

魔導士的服裝變得破破爛爛，她勉強應付著觸手滂沱大雨般的攻勢。

在沒有多餘精神詠唱的狀況下，蕾菲亞還能設法保護自己，全都得感謝里維莉雅的指導。蕾菲亞回想著她教過自己的「魔導士不能讓魔力誤爆，無論任何狀況下都得臨危不變，要擁有大樹一般鎮定的心」，強迫自己保持沉著冷靜的精神。只要仔細看清飛來的攻擊，發揮里維莉雅嚴格訓練自己的杖術，蕾菲亞一個人也能撐過怪獸的攻勢。

而且她實在看膩食人花的攻擊了。

這陣子都不知道跟這種怪獸交戰過幾次了，蕾菲亞預測著鞭子的方向，重複著閃避動作。巨花的觸手掀起風壓橫掃過來，蕾菲亞倒到地上一躲開，只顧著抓獵物的別隻食人花立刻被鞭子掃到，簡簡單單就被打飛。

蕾菲亞忍受著身體疼痛與喘不過氣的呼吸，撐起身子。

糟糕，得趕緊站起來才行……！蕾菲亞看見怪獸來襲，正要移動——一道黃金電流通過她的眼前。

「維里迪斯！」

「菲兒葳絲小姐！」

以「魔法」一次燒光大量食人花的菲兒葳絲，趕到蕾菲亞身邊。

自從兩人分散以來，蕾菲亞一直在擔心她，現在看到她的臉，不禁安心地嘆了口氣。

「妳沒事嗎！」

「是，謝謝您。」

看到蕾菲亞站起來，菲兒葳絲似乎也放了心，瞇起眼睛。

「有武器嗎？」蕾菲亞聽了，掀開帶在身上的背包的蓋子。菲兒葳絲右手伸進筒形袋子裡，抽出一把單手劍。

她扔掉劍鞘，開始為了保護蕾菲亞與怪獸搏鬥。

「要怎麼辦啊，亞絲菲～!?」

——至於直接對抗巨花的冒險者們當中。

露露妮因為怪獸太過棘手而發出慘叫。亞絲菲承受著失血過多的身體負擔揮著短劍，焦躁化為汗水從臉上冒出。

「雖然很想請千之精靈(Thousand)來一招大『魔法』，但遇到這麼龐大的身軀，就算派出前鋒人牆也沒意義。」

讓再多人拿著盾牌排成一排，遇到巨花的蛇行，也只會被全數碾爛，不是擋不擋得了的問題。

看了看與菲兒葳絲一同抵禦攻擊的蕾菲亞，亞絲菲轉向前方。

「看來還是只能瞄準『魔石』下手了。」

只要能破壞「魔石」，敵人就會化為一堆塵土。長期抗戰只會越陷越深，除了直接攻擊怪獸的「核心」之外別無他法。

問題是「魔石」埋在哪裡？

如果照基礎理論判斷，就是在身體的中央，或是跟食人花一樣位於前端的花頭部分。

看著伯特使盡全力的迴旋踢改變了巨花的行進方向，亞絲菲視線掃過怪獸的長條巨軀。——就算能發現正確位置，攻擊能不能貫穿那厚厚的皮肉打中「魔石」還是未知數。亞絲菲吞下這個疑慮，對露露妮等人做出指示。

「沒用的。」

對於持續抵抗的冒險者們，奧力瓦司一笑置之。

寄生在糧食庫大主柱而無限肥大化的巨花，其龐大體型已非其他怪獸能比擬，不是能夠三兩下擊敗的個體。

趁這些人還找不到攻略方式時，先送他們上西天吧。奧力瓦司瞇細黃綠雙瞳，打算召喚出新的巨花。

而就在他要將一隻手臂舉到頭頂上的瞬間。

大空洞的牆邊一隅，爆炸了。

「!?」

轟然響起的破碎聲，吸引了大空洞裡所有人的視線。

拖著好幾道煙霧飛出的——是紅髮女子。

她像是被震飛般猛烈撞破了牆壁，背部狠狠撞上地面，一路「嘎嘎嘎嘎嘎嘎！」地削出一道溝痕。

她如箭矢般前進的身體，在遠離巨花肆虐的戰場的位置停了下來。

「咕……!?」

女子發出呻吟，扔掉劍身折斷的紅劍。

她全身上下滿是傷痕，當場單膝下跪，彷彿在說明她消耗了多少力量。

「哈，哈啊……!?」

接著從女子粉碎的壁面現身的，是金髮金眼的少女——艾絲。

她也一樣全身上下連同輕裝滿是裂傷，肩膀劇烈地上下起伏，氣喘吁吁。

「芮薇絲!?」

「艾絲小姐!?」

奧力瓦司與蕾菲亞同時大叫出聲。

拎著雪銀軍刀踏進大空洞的艾絲，看到周圍的光景與蕾菲亞等人的模樣，露出了驚訝的表情，但立刻向眾人點頭，就像在說自己沒事。

以時間來算睽違了半天的重逢，以及艾絲平安無事的模樣，使蕾菲亞的眼眸反射性地溼了。持續戰鬥的亞絲菲、露露妮等人與伯特也都笑了笑。

蕾菲亞急忙用手背擦擦眼角，仔細觀察艾絲她們的狀況。

不會錯，喚做芮薇絲的紅髮女子，正是讓里維拉鎮陷入混亂的那個襲擊者。兩人恐怕是一直在激烈交戰，而後艾絲全力的一擊命中了芮薇絲，使她不敵衝擊力道，身體撞破了牆壁，被趕進了這個大空洞裡。

兩者都渾身是傷，防具與戰鬥服嚴重破損，大顆汗珠滴落下來。

縱然雙方都疲憊不堪，但艾絲似乎略占上風，這可能跟武器的性能也有關係。

艾絲不敢大意，定睛瞪著失去紅劍、單膝跪地的芮薇絲。

「……只會講大話啊，芮薇絲。真是難看。」

奧力瓦司跟蕾菲亞一樣觀察著艾絲她們，對女性同伴投以嘲笑。

聽到他的聲音，芮薇絲那對綠眼只往他那邊瞥了一眼。

艾絲的視線也朝向奧力瓦司，他臉上的笑容在眉頭擠出皺紋。

「竟然說這個臭丫頭是『艾莉亞』……雖然無法接受，但好吧，只要『她』想要的話。」

奧力瓦司似乎在嫉妒艾絲，言詞中處處透露出敵意。

臉孔醜陋扭曲的奧力瓦司，將一隻手舉向正上方。

「巨花！」

他對背後的大主柱發出呼喚。

依附在石英上的怪獸搖動了龐大身軀，將表皮從石英上剝離，就像崩塌的高塔一樣摔在地上。牠撞碎了周圍整片地面，滋溜蠕動著長條巨軀。

巨花在仍然纏著大主柱的另一隻巨花俯視下，將牠的花頭朝向眼前的艾絲。

「艾絲小姐!?」

看到被召喚出來的第二隻巨花怪獸，蕾菲亞放聲尖叫。

她想趕去援救，但可能是受到奧力瓦斯指使，怪獸揮動著藤蔓鞭子，阻擋她們的進路。

蕾菲亞無法趕到艾絲身邊。

「只要能帶回去就行了，是死是活無所謂。」

奧力瓦司讓怪獸拖住冒險者們的腳步，自己也走到艾絲面前。

他認為艾絲跟芮薇絲一樣消耗了大量體力，現在要殺她還不簡單，對她露出惡毒的笑。

「喂，快住手。」

「不要阻止我，芮薇絲。我來幫妳解決妳對付不了的對手。」

跪在地上的芮薇絲要他住手，但奧力瓦司充耳不聞。暗沉白髮的男子不聽芮薇絲所言，只是瞪著自己打算下手殺害的少女。

對於視線前方像蛇一樣爬來的深綠巨花，艾絲靜靜地舉起銀劍。

看到那比起巨大怪獸實在小得可憐的武器，奧力瓦司發出譏笑。

「死吧，【劍姬】!!」

奧力瓦司筆直地伸出一隻手臂，大聲吼叫。

接到命令的巨花一口氣加速，一邊挖掘著地面，一邊從正面衝向艾絲。

「——蠢貨。」

看到這幕光景，芮薇絲嘖了一聲。

「——我們上。」

至於艾絲，她對愛劍（絕望之劍）呼喚了一聲。

然後輕啟櫻唇，念出了咒文。

「【甦醒吧】（Tempest）。」

說時遲那時快，激起的巨大龍捲風推開了周圍的空氣。

面對逼近眼前的怪獸，艾絲將最大輸出的暴風附加在愛劍（絕望之劍）上。

接著，刀光一閃。

橫掃千軍的斬擊，將巨花的首級一刀砍下。

「————」

奧力瓦司、伯特等人以及蕾菲亞，全都變成了啞巴。

纏繞劍身的風力，揮砍出的斬擊閃光，還有咆哮的神風。

橫一直線迸發的狂風劍氣，一瞬間讓巨花身首異處，首級飛向空中。

在變得緩慢的時間當中，飛天的巨大肉塊，映入蕾菲亞的蔚藍雙眸。

鮮血四濺的怪獸花頭描繪出拋物線，最後砰然一聲，墜落地面。

「————————啊啊!!」

寄生於大主柱的寶珠胎兒叫喚著。

她似乎對掀起的狂風力量起了反應，黏在石英表面上開始掙扎。

無限延長的體感時間終於得到解除，蕾菲亞等人悚懼的視線，集中在以『絕望之劍』使出一記大橫砍的艾絲身上。

一擊。

一擊就解決了。

雖說巨花的各項能力不比樓層主或女體型，但那麼巨大的超大型怪獸，竟然只揮一劍就解決了。

艾絲本人的能力（能力值）與劍技不用說，最可怕的是魔法【風靈疾走】的威力。

紅髮女子眼神冷淡地望著一連串的光景。伯特瞠目而視，亞絲菲與露露妮的臉都在抽搐，菲兒葳絲呆站原地，蕾菲亞到現在還發不出聲音。四周只聽得到胎兒的叫聲，所有人都停住了動作。

巨花失去頭部，長條巨軀停止了活動。

面對橫躺在地的怪獸屍骸，艾絲寶劍一揮發出嗡鳴之聲，強風的狂暴怒吼隨即轟然響起，震撼四周。

圍繞在她身旁的氣流，吹起了那頭美麗的金色長髮。

「這、這怎……!?」

奧力瓦司一步、兩步地後退，蒼白的臉色更加慘白了。

保持至今的從容態度脆弱地崩潰，在一瞬之間失去巨花的打擊，似乎化為烈火將他從頭到腳燒成焦炭。

魔法強風一路吹到他身邊，搖動了他的白髮。

「！」

艾絲讓身上纏繞著到達Ｌｖ．６以來初次使用的【風靈疾走】，定睛瞪著白髮男子。

奧力瓦司情急之下舉起手來，幾乎是慘叫著喊道：

「食、食人花——!?」

聽從領導者的命令，剩下的食人花全都殺向艾絲這邊。

面對拋下蕾菲亞等人來襲的怪獸大軍，有強風做為戰友的劍士正面迎擊，舉劍砍向敵人。

單方面的殲滅戰於焉展開。

那就像是一場暴風雨在蹂躪敵軍。好幾隻食人花像剛才的巨花一樣被一刀兩斷，長條身軀飛過頭頂，慘遭瞬殺。龍捲風搶在觸手擊出之前將它們彈向四方，怪獸要不就是被揮砍的劍氣震飛，要不就是被大卸八塊。

「……!!」

眼見艾絲展開壓倒性的戰鬥，魔法（狂風）呼嘯起伏，蕾菲亞嚇得發抖。

——艾絲的「風」太異常了。

攻守兼備的萬能力量，能隻身與樓層主相抗衡的強大效能，已經超出了附加魔法（enchantment）的範疇。一般的附加魔法不可能發揮那麼大的效果。

身為人類的她，並不像精靈天生就是魔法種族（magic user），怎麼能使用那樣強大的「魔法」呢？

（現在的艾絲小姐，已經……！）

原本是Ｌｖ．５的艾絲，之所以能攀升到都市最強冒險者之一的地位，就是因為有這種「魔法」

的力量。

擁有這陣「風」的艾絲，站上了與都市最高級（top class）的Ｌｖ．６冒險者們同等的階級（stage），同等的高峰。

若只論純粹的肉搏戰，就算是芬恩他們也一定贏不過她。

現在在這裡，沒有人能阻止她。

「……被拉開差距了。」

蕾菲亞咕嘟一聲吞下口水時，伯特不高興地低聲說。

目前還是Ｌｖ．５的狼人青年看到艾絲的戰鬥英姿，點燃了競爭意識，嘖了一聲罵道：「該死的東西。」

他抬起頭來。

「喂，快把這些東西解決一下吧!?」

伯特面對著困住自己與其他人的巨花，對周圍高聲喊道。

受到劍姬（艾絲）的英勇模樣鼓舞，冒險者們士氣大幅上升。他們勇敢面對逆境，回應伯特的聲音，開始展開優秀的聯手行動。

冒險者們著手攻陷巨花。

「大家聽我說，『魔石』還是在頭部！攻擊花朵的部分！」

不知道什麼時候移動的，露露妮檢查過艾絲砍飛的巨花頭顱，將情報告訴大家。

聽到這名盜賊迅速從怪獸屍骸中掌握到「魔石」的所在位置，所有人都照她說的做。

「話雖如此……目前狀況還是不允許發射『魔法』，火力說什麼就是不夠。」

看到大量伸出的藤蔓觸手（鞭子）率先挑魔導士下手，亞絲菲不禁嘆息。

怪獸仍舊扭動著長條巨軀蛇行，妨礙了魔導士詠唱。沒有足夠的火力，就不能打穿敵人厚實的肉體，攻擊到「魔石」。

看到魔導士們好幾次念誦咒文又被打飛，還有蕾菲亞——菲兒葳絲做出毅然決然的表情。

「我去！」

「菲兒葳絲小姐!?」

她甩開蕾菲亞的聲音，急速奔跑。

菲兒葳絲左手握著短杖，逼近發起激烈抗戰的巨花懷裡。

「狼人，開洞！」

「……嘖，誰准妳指使我了！」

精靈與狼人四目交接，加速奔馳。

雙方即使維持著險惡氣氛，卻仍然察覺了對方的目的，準備發動僅只這麼一次的聯手行動。

一馬當先的伯特踢開礙事的觸手，再由菲兒葳絲衝進他開出的道路。

兩人轉眼之間一路衝上表皮，往巨花的頭頂邁進。

到達了露露妮指示的花頭部分，伯特縱身一躍。

「喝啊！」

他從空中使出一記斧頭腳，撕裂怪獸的表皮。
對準擴大的深度傷口，菲兒葳絲也不遲疑，立刻跳了過去。
「【破邪聖杖，掃蕩我的敵人】！」
她一瞬間就詠唱完畢，將短杖插進視線下方的傷口——通往體內的洞。
「【至神・酒神之杖】!!」
短杖發出的雷電被打進巨花體內。
怪獸不自然地連連痙攣，表皮底下亮起淡淡光芒，電流從冒險者們或砍或刺的傷口洩漏出來。
投入大量精神力、將威力提升到最大的暴雷，在怪獸的龐大身軀內四處飛竄，尋找「核心」所在。
用不了多久，巨花就停止了動作。
體內的「魔石」被電擊燒個精光，連臨死慘叫都叫不出來，長條巨軀就化為了大量塵土。
看到巨花怪獸名符其實地崩潰落地，【荷米斯眷族】的歡呼聲直衝高空。

就在伯特等人即將擊敗巨花時。
艾絲也將送到自己身邊的食人花殲滅殆盡了。
她解除了自己設下的限制，發動了【風靈疾走】並充分加以運用，把怪獸們變成堆積如山的塵土。

「這、這怎麼可能……!?」

見識到艾絲的這份實力，奧力瓦司無法阻止自己發抖。

永遠美麗的孤傲劍士，伴隨著風，以壓倒性的力量戰勝怪獸的模樣，簡直有如英雄譚的登場人物。

男子領受的任何力量，都無法傷到她一分一毫。

當黃綠色的兩眼顫抖著睜大時，別的方向傳來雷電咆哮，第二隻巨花遭到擊破。

轉眼間失去手上所有底牌的奧力瓦司，再也維持不住精神的平衡。

「不可能！我怎麼可能會輸，怎麼可能會挫敗——這是不可能的啊!?」

男子雙腳在地面上一踹，往艾絲直衝而來。

針對死角下手的攻擊。他從全身上下擠出「魔石」賜與的超越人智的怪力，企圖勒斷少女的玉頸。

然而他剛與伯特交戰過，元氣大傷，他的身手對現在的艾絲來說，實在慢得可以。

「——」

金瞳眼光射穿了張牙舞爪撲來的奧力瓦司。

轉瞬之間銀劍一閃，施展出神速斬擊。

「～～～～～～～～～～～～～～～～～～～～～～～～～～～～～!?」

無數的刀光劍影在奧力瓦司身上刻下道道傷痕。
他全身噴灑出血花，讓人不可思議的是，身體的各部位竟然還能相連。
黃綠色的下半身以及人族的上半身都被砍得稀巴爛，奧力瓦司仰首向天，倒了下去。
「這是騙人的……超越物種限制的我，被『她』選上的我，怎麼會……!?」
一敗塗地的奧力瓦司，不由自主地發出了呻吟。
眼前俯視自己的「戰姬」身影，在恐懼顫抖的眼瞳中搖曳。
「——真是場鬧劇。」
「！」
就在艾絲要走到無法再戰的男子身旁時。
芮薇絲有如一陣突來的強風，迅速從旁救出了奧力瓦司。
艾絲立刻向後跳開，芮薇絲在艾絲眼前抓住他的衣服，直接退到隔了一段距離的位置。芮薇絲在石英大主柱附近停了下來，毫不客氣地把奧力瓦司的身體往地上一丟。
大空洞裡已不見怪獸的影子，艾絲不用說，蕾菲亞與伯特等人的視線，也都集中在剩下兩個敵人身上。
「抱、抱歉，芮薇絲……」
「……」
跪在地上的奧力瓦司呼吸急促，上氣不接下氣。

他不顧鮮血汩汩流出，拚命試著調整呼吸。聽到他擠出聲音這樣說，芮薇絲並沒有說什麼。

在兩人的周圍，伯特等人圍成巨大的半圓形，可以說已將兩人逼入絕境。紅髮女子的視線掃過眾人，大主柱的陰森冷光照出了她的身形，半張臉上覆蓋著灰暗陰影。她綠色的眼瞳隨即俯視著腳邊的男子。

芮薇絲面無表情地伸出手。

她抓住奧力瓦司的衣襟，單手將他舉起，像是要讓他站起來。

然後，下個瞬間。

她做出手刀，刺進了奧力瓦司的胸膛。

「!?」

「什——」

艾絲等人全都說不出話來。

手刀埋進了刺破的胸膛裡。血液配合著清晰鮮明的心跳聲泉湧而出。

芮薇絲面不改色，將手往更深處塞進去。

奧力瓦司本人臉上的表情，好像比現場任何一個人都更跟不上狀況。

「芮、芮薇絲，妳這是……!?」

「用你的眼睛好好看看四周吧。」

艾絲、蕾菲亞、伯特、菲兒葳絲、亞絲菲、露露妮。

承受著呆站原地的高級冒險者們的視線，女子晃了晃血紅的髮絲。
「我需要更強的力量，只是這樣而已。」
芮薇絲平淡而冷酷地告訴他：

「吃再多食人花（怪獸），也補充不了多少血肉。」

光聽到這句話，奧力瓦司似乎已經明白眼前的女人想做什麼。
他凍結在原地。
「不會吧，住手!?我跟妳一樣，都是『她』選上的人……!?」
「選上……？你把那個當成女神還是什麼了？」
「……!?」
「那個怎麼可能會是什麼崇高的存在。」
芮薇絲用鼻子哼了一聲，好像覺得無聊透頂。
「你跟我都只是那個的觸手罷了。」
聽到芮薇絲如此斷言，奧力瓦司的表情瞬息萬變。
他眼睛瞪到目眥盡裂，面孔失去一切希望，以兩手緊緊握住她刺穿自己胸膛的纖細手臂。
「我、我是妳唯一的同胞，妳卻想殺我!?」

芮薇絲對男子所言充耳不聞，加重了刺進胸膛的手刀力量。
與之成反比，奧力瓦司的身體不斷失去力量，抓住她手臂不放的兩手，也無力地垂了下來。
就像全身的力氣，都被集中到核心（胸膛）一樣。
「沒有我在，誰來保護『她』——!?」
像是要堵住奧力瓦司的叫喊，芮薇絲的手猛地一抽，從他的胸膛中拔出來。
手裡握著的，是被血沾溼的彩色「魔石」。
核心被拔除的奧力瓦司，如同怪獸的末路那樣，一下子就化為塵土，崩潰落地。
「不要搞錯了。」
芮薇絲對腳邊的塵土堆不屑地說，然後轉過頭來。
她直勾勾地注視瞠目望著淒慘光景的艾絲。
「那個一直都是我在保護的，今後也是。」
她將從奧力瓦司身上摘出的「魔石」含入口中，咬碎。
鮮紅舌頭伸出，舔了舔嘴唇。
就在仇敵的生命以如此草率的方式結束，讓菲兒葳絲啞然無語時，芮薇絲突然握緊了右手，就像在確認高漲的力量。她的紅髮也像倒豎了一樣沙沙搖曳。
緊接著——芮薇絲踏碎了地面，有如炮彈爆發般飛向艾絲。
「!?」

在其他人都不及反應的狀況下，鐵拳捶向了艾絲身上。

艾絲架起附加了風的『絕望之劍』，擋住自正面來襲的拳擊。下個瞬間，她被狠狠震飛，往正後方高速飛去。

伯特等人好不容易才轉過頭去，只見芮薇絲如餓虎撲羊，與艾絲發生激烈衝突。

「妳……!?」

「還有餘力說話嗎？看來還不夠呢。」

艾絲正在震驚，紅髮女子已經發動攻勢。

色彩斑斕的「魔石」，化為塵土的男子，被吸收的結晶——怪獸。

艾絲無法掌握奧力瓦司與芮薇絲的真實身分，錯綜複雜的片段情報狠狠扔在眼前打轉，最後導出了一個解答。

對手施展出上段踢，其威力不輸經過昇華的風之鎧甲（風靈疾走）。艾絲使出疾風斬擊，對手卻輕易避開並加以反擊。剛才還只能拚命防禦的女子，如今卻看穿了艾絲的所有招式，一一對應。

——「強化種」!!

目睹敵人猛烈提升的戰鬥能力，艾絲只能接受事實。

攝取「魔石」獲得力量，是怪獸的真理。與蘊藏著【能力值】的人族正好相反，這是弱肉強食的業障。眼前的敵人是呈現人形的怪物。

可怕的是，吞噬了奧力瓦司的「魔石」，芮薇絲的純粹體能確實高過了Lv．6的艾絲。艾絲借助【風靈疾走】的力量才好不容易取得優勢，拚命壓抑住內心動搖。

超速刀光砍裂了芮薇絲的肩膀。

她不顧血花飛濺，揮動手臂，使出灌注全力的一擊。艾絲於千鈞一髮之際後退，高舉揮下的拳頭擊碎了地面，凹陷出一個圓坑。芮薇絲的手插進地面，綠肉之中響起了「滋滋滋」的聲音——接著她的手猛地一抽。

紅彤大劍現身，從地面拔出的是天然武器。

芮薇絲雙手握住大劍，衝向艾絲；艾絲也衝刺向前，英勇迎敵。

「「!!」」

霎時兩者間爆發了衝擊波與轟然巨響，狂風銀劍與紅彤大劍正面相撞。

「那、那傢伙是怎樣啊……太誇張了。」

看到與艾絲交戰的芮薇絲，露露妮吞下一口口水。

芮薇絲就像記住了「魔石」滋味的怪獸，以大幅上升的能力，隻身對抗輕易殺死巨花的劍姬（艾絲），而且幾乎不分軒輊。

目睹第三者無從插手的激戰，冒險者們全都像木頭人一樣站著；然而，只有伯特當先衝上前去，蕾菲亞與菲兒葳絲見狀，也追隨其後。

「雖然那邊情況也很危急，不過……！」

當伯特等人跑過去當援軍時，亞絲菲一個人轉往反方向前進。

她的目標，是寄生於糧食庫大主柱的寶珠胎兒。

包括里維拉鎮的事情在內，這次的事件絕對是以視線前方的「寶珠」為中心在運轉。還有奧力瓦司再三提及的「她」這種存在也是，那個雌性胎兒必然是連結所有事件的關鍵角色。

亞絲菲心想無論如何都得將她抓起來，靠近大主柱——但就在這時。

她突然遭受到來自側面的奇襲。

「！」

「什麼!?」

紫色的連帽長袍，以及繪有恐怖紋路的面具。

不知道之前都躲在哪裡，隱藏正身的神祕刺客一拳揮出，將亞絲菲揍飛出去。

驚人的「力量（能力參數）」，以及兩手裝備的銀色金屬手套造成的衝擊，隔著【萬能者】特製的披風，仍然貫穿了她的身體。

「亞絲菲！」

「還有同夥!?」

看到亞絲菲被打飛，露露妮等【荷米斯眷族】的成員都亂了陣腳。

蕾菲亞等人也當場停下腳步，轉過頭來，看到假面襲擊者，都睜大了眼睛。

「雖然還不完全，但也養得夠大了，拿去給厄倪俄！」

芮薇絲一邊與艾絲交戰，一邊對假面襲擊者大聲叫道。

襲擊者抓緊了整顆「寶珠」，讓對艾絲的「風」起了反應、不斷叫嚷的胎兒住嘴，然後硬是將她從大主柱上撕扯下來。

「知道了。」

假面人用彷彿好幾種生物發出的聲音重疊而成的陰森嗓音答話，隨即迅速離開現場。

那人拿著寶珠，急速奔向大空洞的一個出入口。

「露露妮，阻止他!?」

亞絲菲說什麼也不願讓他逃掉，大聲做出指示。

「嘖!?」露露妮咬緊牙關飛奔而去，用最快速度追趕假面人。

「巨花！」

然而這時，芮薇絲又發出了呼喊。

她用上蠻力一個橫掃，暫且將艾絲彈開，然後對纏在大主柱上的最後一隻巨花下達命令。

「給我不停地生!!直到力盡枯萎為止，擠出你的所有力量！」

霎時間，大空洞內天震地駭。

「……!?」

正要一劍砍向芮薇絲的艾絲抬起頭來。

伯特等人與亞絲菲他們，還有露露妮身體感受到震動，也都停止了動作。

彷彿要將他們的視線拉向自己，寄生於大主柱的巨花顫抖起來，發出吸取某些東西的可怖聲響，就像一個暴君，恣意從耀眼石英中吸收養分。

霹嘰一聲，結晶大主柱上冒出了幾道裂紋。

同時，從不斷痙攣的巨花身上擴散至整個大空洞的觸手與粗壯樹根，也像樹瘤一樣斷續隆起，以駭人之勢跳著脈動。

很快地。

天花板、壁面，存在於大空洞全域的花苞，一齊開花了。

「————」

所有色彩斑斕的花瓣——所有食人花，全都綻放了。

大小花苞不等成熟就強制開花。貪婪吞食母體（地下城）養分的苗床就在這一刻，生下了所有含苞待放的怪獸。

巨花的表皮急速失去色素，變成了土色，凋萎的長條巨軀無力地下垂，枯死的花頭向下一彎。

大空洞的綠牆有如世界末日到來，色素剝落的部分一路擴大。而取代逐漸死亡的糧食庫，破鑼般的誕生哭聲此起彼落，層層重疊。震耳欲聾的怪物大合唱，使得仰望頭頂上方的蕾菲亞等人變得面無血色。

這該不會是……所有冒險者都產生了同一個想法。

食人花露出醜惡的獠牙發出咆哮，一齊從洞頂與壁面掉落下來，撲向艾絲等人。

食人花連續引發地鳴，從地上撐起身子。

冒險者們還愣在原地，怪獸們已經從四面八方排山倒海地襲向他們。

「吼喔喔喔喔喔喔喔喔喔喔喔喔喔喔喔喔喔喔喔喔喔喔!!」

「!?」

面對這種群體暴動，冒險者們發出不成聲的慘叫。

占據他們視野的，是一整片濃豔刺眼的彩色花卉、花卉，還是花卉。來自前後左右，就連頭頂上也一樣，沒有一個位置看不到黃綠色長條身軀。破鑼嘶吼頻頻交錯，只要停留在同一個地方，馬上就會被怪獸軍勢給吞沒。犧牲苗床而誕生的食人花大軍，淹沒了整個廣大的大空洞。

看到數量如此龐大的怪獸集團，就連身經百戰的第二級冒險者，也不禁喪失戰意。

數以百計的怪獸，一般的怪物之宴根本不能比。

規模差太多了。

「嘖……!?」

假面人衝進一個出入口，離開了化為地獄深穴的大空洞。

亞絲菲眼睜睜看著那人消失在通道口另一頭，就這樣跑了。

「沒辦法沒辦法沒辦法！應付不來啦!?」

「不要分散，會被壓爛的!?」

衝向自己的大量長條身軀與進逼的觸手，讓露露妮哭著四處逃竄。同伴當中的虎人力竭聲嘶地大叫大嚷，但還是被潮水般的怪獸們蓋了過去。

食人花見一個打一個，瘋狂肆虐。牠們一發現冒險者，就立刻蛇行著猛撞過去，或是用觸手雨點般地打下來。怪獸自己都常常打到自己人，隨處發生自相殘殺的慘狀，其中還剩一口氣的長袍男子們，第一個淪為牠們口中的食物。「啊啊啊啊啊啊啊啊啊！」黑暗派系的殘黨發出響徹臟腑的臨死慘叫，從大空洞中被捕食殆盡。身穿異色長袍的頭目，也一瞬間就被連頭帶腳吞下。

怪獸撲向四散的冒險者（獵物），在各處掀起小型戰鬥。伯特等前鋒強者死命奮鬥，揮動大型武器，遇到敵人格殺勿論，但殺了半天，怪獸仍然沒有減少的趨勢。

現場陷入極度混亂。

「食人花！」

「!?」

至於艾絲，則是遭到芮薇絲與怪獸的夾擊。

她一邊找機會宰殺受到操縱的食人花，一邊防禦芮薇絲的大劍，雙方武器才剛相接，食人花又馬上岔入戰局。敵方毫無中斷的包圍網決不肯讓艾絲逃走。芮薇絲拿食人花當棄子進行打帶跑戰術，硬是壓制住發動魔法（風靈疾走）的艾絲。

艾絲與蕾菲亞他們無法互相援救，遭到了隔離。

「——!!」

「什麼!?」

就在不知道是第幾十隻的食人花，被狂風斬擊一刀切斷的時候。

躲在食人花長條身軀後方的芮薇絲，隔著怪獸的軀體使出一記上撩斬。將長條身軀一刀兩斷出現的意外一擊，讓艾絲來不及防禦，〔絕望之劍〕被彈飛離手。

——糟了!?

愛劍在空中旋轉，飛向遠方。焦躁如火一般焚燒艾絲的身體。

身為劍士的艾絲，失去了劍(武器)。〔絕望之劍〕從手中被打飛，艾絲的戰鬥能力明顯下滑。

而芮薇絲自然不會放過這個機會，一口氣展開攻勢。

「妳逃不掉的。」

「～～～～～～～～～～～～～～～!?」

艾絲想擺脫芮薇絲去撿劍，但食人花繞到她面前擋路。

只要一瞬間遭到阻擋，紅彤大劍就會削去保護艾絲的氣流。

被迫進行不習慣的格鬥戰，艾絲轉眼間陷入劣勢。

跟發出慘叫的其他同伴一樣，艾絲被逼進了困境。

怪獸的攻擊越演越烈。

蕾菲亞等人勉強在大空洞的中心地集合，冒險者只能拚命一味防禦。

唯一幸運的是，硬是生下來的食人花還沒發育成熟。每隻怪獸的大小也有差距，能力比一般的成熟個體低。

話雖如此，目前狀況仍然一籌莫展。他們被團團包圍，連出口都看不到，簡直像一場噩夢。

在怪獸發出激烈吠吼後，又一個冒險者倒地不起。

「啊，啊啊……!?」

身在這場混戰之中，蕾菲亞等魔導士們完全無法發揮力量。

在大量食人花的包圍下詠唱等於是自殺，也沒有人能充當人牆保衛她們。蕾菲亞連保護自己都來不及了，更別說詠唱，她不禁詛咒起自己的弱小。

所有人都在竭盡死力奮戰。

渾身是血的虎人咆哮著，精靈戰士用牙齒咬著劍到處亂揮，失去武器的矮人用骨頭碎裂的拳頭毆打怪獸。亞絲菲與露露妮也忙著擾亂、砍殺敵人，伯特從沒停下腳步，屠殺了好幾隻怪獸。

互相喊叫……不對，是慘叫著聯手出擊的冒險者們英勇的模樣，折磨著蕾菲亞的心。

——為什麼我……

不能與那些勇敢的人並肩作戰呢？

為什麼我不能跟他們一起拿起劍打倒怪獸，挺身當盾保護同伴呢？

只會到處逃跑，讓人幫助，呆站原地。

吟唱魔法，反而還扯了他們的後腿。

無能為力。

她第一次覺得抱在懷裡的這根魔杖如此沉重。

（我也想像里維莉雅大人一樣，像菲兒葳絲小姐一樣……！）

美麗至高的王族（high elf）姿態浮現心頭，然後換成現在正在應戰的精靈少女閃過視野。

跟憧憬不已的少女們一樣，蕾菲亞也一心希望能追上那位最強的魔導士，然而她的背影依然遙不可及，也趕不上那位美麗的魔法劍士。

要是自己也能像菲兒葳絲一樣戰鬥就好了。

要是自己也能拿劍同時演奏魔法，擊退怪獸就好了。

蕾菲亞視線追趕著又打倒一隻怪獸的菲兒葳絲，伯特說過的話重回她的心頭。

——妳一輩子都只能當包袱。

對於他瞧不起人的言詞，蕾菲亞如今連懊惱的感覺都沒了，只是被無力感徹底擊跨。

「艾絲……！」

蕾菲亞正在苦惱的時候，伯特看向了艾絲。

眼見金髮金眼的少女獨自一人承受芮薇絲與怪獸的雙重襲擊，他的臉孔歪扭起來。

將耐久力低落的幼齡食人花一隻接一隻踹碎，伯特視線驟然掃過戰場——然後找到了精靈少女。

「喂！」

「咦……？」

伯特不管三七二十一，直衝到呆站原地的蕾菲亞面前。

「我要去艾絲身邊，這裡妳想辦法解決!!」

被伯特抓住前襟這樣大吼，蕾菲亞的肩膀晃動了。

「可、可是，我——」

「妳是個小咖!!不過，只有妳的『魔力』我承認的確強到誇張！」

伯特不等蕾菲亞說完，又對她怒吼道：

「少說那些想追上目標之類的小咖老梗！憑實力讓我們哭鼻子看看啊！」

蕾菲亞睜大了蔚藍雙瞳，被伯特琥珀色的雙瞳定睛瞪著。

「超越那個臭老太婆看看啊!!」

——我要妳超越里維莉雅・利歐斯・阿爾弗。

伯特斬釘截鐵地這樣說。

沒有人給過自己這種荒唐無稽的目標。就連艾絲、蒂奧娜或蒂奧涅，都沒這樣對自己說過。

這不只是激勵，蕾菲亞感受到了餓狼（伯特）永不飽足地追求力量的真實心意。

——妳這樣就滿足了嗎？

他對蕾菲亞，還提出過另一個問題。

伯特總是對弱者火冒三丈的眼神，還有聲音，使得蕾菲亞全身發熱。

直逼胸襟的火紅情感，在心中顫抖的，是起火燃燒的熱情，還是想讓眼前青年甘拜下風的悔恨？

蕾菲亞不知不覺間握緊了拳頭，伯特用力推了她一把。

他沒再說什麼，笑也不笑一下，轉身就跑。

蕾菲亞好一會兒，看著那堅強、能趕向憧憬的艾絲身邊的背影。

她將那背影深深烙印在眼裡，接著倒豎柳眉。

在冒險者與怪獸喊叫的包圍下，精靈少女於自己心中刻下覺悟。

「——請保護我!!」

蕾菲亞用貫穿戰場的大嗓門吼叫道。

她握緊自己能夠使用的唯一魔杖（武器），向前伸出，讓周圍看見自己即將行使魔法。

讓冒險者們清楚看見，自己決心發動炮擊。

「要、要我們保護妳，怎麼保護啊!?施展火力不夠的魔法又能怎樣……！」

「相信我!!」

她用高亢的聲調，果斷地回答動搖的露露妮。

只有現在，她將軟弱的自己、缺乏勇氣的魔導士，逐出了自己的內心。

「我是魔導士！你們保護我，我就會拯救你們!!」

伯特砸在自己身上的氣焰，燃燒沸騰的胸中情感，對高峰的冀求，全都化為聲音與眼神的力道，好讓自己能稍微接近受到所有人信賴的最強魔導士（里維莉雅）。

看到魔導士毅然決然的身影，亞絲菲與菲兒葳絲都展開行動。

「所有人集中到千之精靈（Thousand）身邊!!把一切都交給她！」

「……！」

菲兒葳絲等人將性命託付給精靈魔導士，推開怪獸開始集合。

蕾菲亞將全副精神力精煉成魔法，接著大聲說道：

「方圓陣形!!只要五分鐘……不，撐三分鐘就好！」

她做出與里維莉雅相似的指示，冒險者們點點頭，密集起來組成圓陣。

所有食人花怪獸都轉向她這邊時，站在圓陣中央的蕾菲亞橫眉豎目，開始詠唱咒文。

賭命的三分鐘保衛戰就此開始。

「【以維仙之名許願】！」

濃金色魔法陣展開，魔力光不斷膨脹。

面對被誘餌吸引殺來的食人花，蕾菲亞專心詠唱。
「【森林的先人啊，高潔的同胞啊。回應我的聲音，來到草原吧】。」
唱吧，唱吧，唱吧。
不要為詠唱花太多時間，要編織得流暢，如果是里維莉雅，一定一分鐘就結束了。
現在的自己只能歌唱。
為了拯救同伴，高唱希望之歌——勝利之歌。
「【聯繫的羈絆，樂宴的約定。繞轉圓環起舞吧】。」
行使的魔法是召喚魔法(Summon Burst)。
召喚的是最強的魔導士，里維莉雅・利歐斯・阿爾弗的全方位殲滅魔法。
她要用特大級的攻擊魔法，將怪獸一掃而空。
「【來吧，妖精的圓環】。」
暴戾怪獸們的突擊，被組成陣形的冒險者們一一擋下。
舉起大盾的虎人與矮人，誓死不讓怪獸通行，任由隆起的肩膀噴出鮮血，擋住敵人的衝撞。
就連架起雙劍的精靈與獸人都化身為肉盾進行防禦。從他們頭頂上來襲的無數觸手，立刻被亞絲菲與露露妮等人全數殺退。
自四方八面來襲的敵人，都有菲兒葳絲等人負責迎擊。
「【請求你——借我力量】。」

蕾菲亞信任同伴，閉起眼睛，阻斷一切多餘訊息，高速編織咒文——念出了魔法的名稱。

「【精靈之環】。」

濃金色的魔法陣變成了翡翠色。

蕾菲亞進入下一個階段，詠唱召喚出來的攻擊魔法。亞絲菲等人勉強守住了背後的她，忽然看到一幕光景，霎時臉色發青。

「大型的!?而且數量超多的，情況不妙啊！」

也許是在綠牆迷宮裡徘徊的個體受到了吸引，從大空洞出入口出現的一群巨大食人花，往他們這裡衝了過來。

面對一邊衝散小型食人花一邊猛衝過來的群體，露露妮發出慘叫。

「維里迪斯——」

蕾菲亞的咒文離完成還有一大段時間。菲兒葳絲轉頭看向少女同胞，注視著她閉起眼睛不斷歌唱的模樣——自己也下定決心，杏眼圓睜。

「讓開！」

「喂，妳幹嘛!?」

推開舉著盾牌的露露妮等人，菲兒葳絲一躍而出，來到怪獸面前。

她以背部承受著蕾菲亞珠圓玉潤的詠唱，張開雙唇：

「【破邪聖杯（酒杯），化身為盾】！」

超短文詠唱。

在亞絲菲與露露妮等人瞠目之下，她發動了自己擁有的第二種魔法。

對準了如濁流般湧來的怪獸們，菲兒葳絲筆直伸出左手。

「【至神・救世聖杯】!!」

圓形障壁放出白色光輝。

巨大的聖潔盾牌與怪獸大軍產生激烈衝突，一次阻止了所有突擊。

眼前閃光四散的障壁魔法，令亞絲菲等人瞠目結舌，並照亮了菲兒葳絲的臉。

當遠方產生出光潔輝煌的障壁魔法時，艾絲的風被逼得節節後退。

食人花限定了她的方向，切斷了她的退路。舉起紅彤大劍的紅髮女子急速進逼，對著艾絲猛烈一刺。

艾絲有驚無險地躲開，並接著給對方一記迴旋踢。

「比起劍技差多了呢。」

「!?」

艾絲加上風力的強力一擊，卻被芮薇絲用劍柄輕易彈開，還帶著冷峻視線出手反擊。艾絲勉強躲開，但芮薇絲執拗地繼續追擊。

面對激烈的攻勢，艾絲只能一味閃避。對抗揮動不祥大劍、刻下道道紅彤斬影的芮薇絲，只靠【風靈疾走】實在無法取勝。

（只要有劍……！）

在視野遙遠的後方，艾絲看見《絕望之劍》立著插在大空洞的一隅，但芮薇絲使出了上段斬，好像要擋住她的視線。看到敵人說什麼也不肯讓自己去拿劍，艾絲的神情苦悶地歪扭。

長時間與芮薇絲交戰削減了艾絲的體力，更糟的是魔法的過度負荷逐漸侵蝕著她的全身。相較之下，對方名符其實是個怪物，體力沒有上限。

「別再做垂死掙扎了！」

芮薇絲運用食人花的身體衝撞，高舉大劍，朝著臉頰飛濺汗水的艾絲劈下。

就在攻擊的衝擊力道毆打在艾絲身上，使她胸中燃起了滾燙的焦躁感時。

「【——未幾，烈焰將獲縱放】。」

精靈少女的詠唱，夾在怪獸的咆哮之間，傳進艾絲的耳裡。

「！」

——蕾菲亞！

恍如王族（里維莉雅）珠圓玉潤的詠唱，強而有力的聲調、少女的魔法（歌聲），讓艾絲睜大了眼睛。

不只如此——就在這時，灰色毛皮的野狼疾馳而來。

「滾開!!」

是伯特。

他硬是突破怪獸大浪，追上了一直在激烈移動的艾絲她們。承受著艾絲與芮薇絲驚愕的視線，他一直線衝向身纏狂風的少女身邊。

「拿來，艾絲！」

「！」

光聽這樣，艾絲就全都明白了。

「風啊！」

艾絲伸出了手，風在她手中搖曳，然後被吸進擦身而過的伯特的金屬靴裡。

鑲在白銀長靴裡的黃玉發出光輝，強風氣流附加在雙腳上。

「【悄悄接近的戰火，無可避免的毀滅。開戰的號角高聲鳴響，暴虐動亂將掩覆萬物】。」

將「風」交給了伯特的艾絲迅速脫離現場。她傾聽著蕾菲亞的詠唱，往大空洞的一隅，立著插在地上的劍奔去。

而與她換手般地，伯特向芮薇絲正面挑戰。

「什麼！」

「給我乖一點，女怪物!!」

從戰場脫身的艾絲讓芮薇絲顯得相當焦急，但伯特不許她追上去。

他抬起吞噬了少女的【風靈疾走】的長靴，狠狠給了對手的大劍一腳。

「【來吧，紅蓮火舌，殘暴的猛火。汝乃業火化身】。」

伯特運用雙腳氣流進攻。

為了讓艾絲去撿劍，狼人替她撐住戰局，使盡全力拖住對手。

芮薇絲彈舌嘖了好大一聲，將周圍的食人花全部派去阻擋艾絲，自己則是要殺了眼前的男人。

「礙事!!」

「……!?」

對手連續揮動紅彤大劍，伯特的視野被無數巨大的刀光劍影淹沒。他又是閃避，又是以帶著強風的腳踢卸力，但招招致命的必殺攻擊隨時可能讓伯特身受重傷。

縱然纏繞著艾絲的風（風靈疾走），伯特仍然敵不過經過強化的芮薇絲。即使伯特憑著技巧與戰術對抗，對手的實力還是在他之上。斧頭腳、上踢、迴轉踢，陀螺般旋轉著施展出的一雙暴風腳，全被紅髮女子化解得一乾二淨。

對手一轉守為攻，伯特的戰鬥服就被撕碎，一隻護手被打飛，擦傷的肩窩噴出血花。

「讓開，狼人!!」

芮薇絲凶神惡煞般地喊叫，大劍的速度更快了。

只能一味防禦的伯特身體大幅搖晃。

「【掃蕩千軍萬馬，為大型戰亂拉下終幕】。」

被逼入絕境的伯特，耳朵聽見了少女的歌聲。

冒險者們排成圓陣的光景掠過視野。渾身是血的男人們，用法杖毆打怪獸的少女們，都發出雄壯吶喊，在死地之中持續抗戰。

站在他們中心的，是散放燦爛魔力光輝的精靈魔導士。

伯特咬緊牙關的相貌，硬是掀起了嘴角，到了凶暴的地步。

「妳才……給我去死!!」

「!?」

伯特頂回去了。

他明知自己敵不過對手，卻一步也不退縮，要打倒眼前的敵人。

伯特臉上帶著凶悍的笑，吠吼道：

「那群小咖都在死命掙扎！我要是連妳都壓不住，拿什麼臉面對他們!!」

強者的矜持，與男人(雄性)的志氣。

弱者們如今仍在死戰，他們的身影讓伯特的視野白熱燃燒，咬碎了自我極限。

他讓肆虐狂風成為自己的力量，更激烈地加以運用。被迫防禦，瞠目而視的芮薇絲，立刻火冒三丈地橫眉豎眼，紅彤大劍當頭劈砍下來。

伯特也踏緊腳步，粉碎地面，踹起了自己的左腳。

「喔喔喔喔喔喔喔喔喔喔喔喔喔喔喔喔喔喔喔喔喔喔喔!!」

拖著長長的哮吼，伯特凌厲出招。

他以使盡渾身解數的暴風腳，對抗高舉劈下的大劍。

一腳一劍，爆發衝突。

（————）

紅刃貫穿了被彈飛的風渦。

與大劍相撞的白銀金屬靴，冒出數不盡的裂痕。

裝備長靴的腿部皮開肉綻，鮮血四濺，骨碎筋殘。

強大衝擊與灼熱的劇痛，讓伯特的雙眼布滿血絲。

「【燒盡一切，史爾特爾之劍——吾名為阿爾弗】！」

——就在同一時間，蕾菲亞的詠唱完成了。

強光巨響爆開，翡翠色的魔法陣延伸到了伯特腳下，就這樣擴及整個大空洞。

下個瞬間，她的「魔法」發動了。

「【高等・勝利之劍】!!」

召喚而來的漫天炎火自魔法陣中射出。

火炎巨柱從蕾菲亞等人身邊呈現放射狀連續升騰。業火避開伯特等人直衝洞頂，吞沒、燒光了所有食人花，把尖叫一併燒熔殆盡。

連怪獸的「魔石」都燒到灰飛煙滅的廣範圍殲滅魔法，將大空洞變成了紅焰火窟。

「——哈！」

任由熱量與紅光燒灼著自己的側臉，伯特翹起嘴角。

遭到殲滅的怪獸，完成使命的少女，弱者吼出的咆哮。

琥珀色的眼瞳開始帶有強光。他用上剩餘的所有力氣，集中在就快被大劍壓下的左腳，噴濺著滾燙熱血——強者（伯特）也不願認輸，發出咆哮。

「唔喔喔喔喔喔喔喔喔喔喔喔喔喔喔喔喔喔喔喔喔喔喔喔喔喔喔喔喔!!」

白銀蹴擊，把紅彤大劍彈了回去。

「什麼!?」

形勢逆轉的一擊。

伯特被彈飛到正後方，至於芮薇絲則是被震退——上半身連同大劍一起後仰。當大空洞熊熊燃燒，怪獸被一掃而空之時，她的綠色雙眼瞪得老大。

伯特犧牲了全身上下的所有力量搏命一擊，成功擊潰了芮薇絲的態勢。

「────」

然後。

一個身影以風馳電掣的速度，奔向被大量火花包圍的她。

金髮金眼的少女裝備了取回的銀劍，一直線地穿過火柱之間。

她朝著芮薇絲，發動突擊。

「【甦醒吧】!!」

重新纏繞強風的艾絲，化身為彈丸。

她不放過同伴製造的空隙，揮動〖絕望之劍〗砍向敵人。

「咕!?」

使盡全力的一記上斜砍。

這一劍，斬斷了敵人情急之下架起的大劍。

「!!」

技巧精湛的上撩斬。

芮薇絲避開了埋著「魔石」的胸部中心，但仍不免噴出血花。

「──啊啊啊啊啊啊啊!!」

最後，補上一記劈砍。

艾絲跳上半空，雙手握緊劍柄，高舉附加了狂暴風渦的劍刃。
對準視線下方的芮薇絲——當頭重劈。
「!!」
芮薇絲交叉雙臂，擋下了風渦怒劍。
霎時兩者之間產生了非比尋常的排斥力，劍身氣流發出風吼，到處肆虐。
下個瞬間，芮薇絲以決堤之勢被撞向後方。
她的雙腳在地面刻出兩道線條，但仍不足以抵銷力道，一路飛往大空洞的最深處。
芮薇絲的背部，狠狠撞上漏出微弱紅光的大主柱。
艾絲戰勝了對手。
「哈啊，哈……」
一手握著劍，艾絲氣喘吁吁。
她解除了颼颼作響的風之鎧甲，走向大主柱下的芮薇絲。
蕾菲亞的召喚魔法，將糧食庫變成了充滿火花與熱氣的異世界。覆蓋著大空洞天頂與壁面的巨花組織也滋滋燒毀，逐漸露出原本的岩石表面。在艾絲轉身背對的後方，冒險者們總算掃蕩了敵人勢力，氣力耗盡，虛軟地坐到了地上。
艾絲一走近，豎起一隻膝蓋的芮薇絲，慢慢站了起來。
流著血的整個身體冒出蒸氣——「魔力」的粒子——開始治療傷口。艾絲微微睜大了眼睛時，她開口說道：

「……看來是贏不了現在的妳了。」

那雙綠色眼瞳沒有浮現任何感情，只是淡淡地說著。

她表示自己吞噬了「魔石」，力量還是不及纏繞著「風」的艾絲；如今的她既沒有同伴，也沒剩下半隻怪獸，卻仍然有著令人不解的冷靜與從容。

艾絲露出狐疑的表情，保持一段距離與芮薇絲正面對峙，只見她仰望著背後的石英。

「這根大主柱是糧食庫的中樞（心臟）。一旦這個毀壞……妳知道會怎麼樣嗎？」

「!?」

——難道她……

艾絲要去阻止撫摸石英表面的芮薇絲，但為時已晚。

芮薇絲握緊拳頭，一扭腰，橫著一拳捶在大主柱上。

散發脆弱紅光的石英柱立刻冒出有如魔龍爪痕的巨大裂紋，只見裂縫一路竄升到頂端，接著發出尖銳刺耳的破碎聲，歷經磨耗的大主柱終於倒塌了。

然後就像是連鎖反應般，糧食庫的天花板開始崩塌。

「……！」

「再不快逃可是會被活埋喔？尤其是妳那些需要幫助的同伴。」

看著傷痕累累的亞絲菲等人、因為使用魔法而癱軟在地的蕾菲亞，還有腳骨碎裂的伯特，芮薇絲如此告訴艾絲。

聽著岩石落下的聲音，艾絲緊咬嘴唇。芮薇絲很可能早就算好了，故意接下最後那記攻擊，讓自己被吹飛到這根大主柱下。

岩石大雨傾盆而下。

冒險者們亂成一團，急著想撤退。

「幫助傷患！行囊扔著別管了，以逃出此處為最優先!!」

亞絲菲硬撐著身子做出指示，【荷米斯眷族】忙成一團。

「我可不像你們犬人那麼窩囊，誰要妳幫忙啊！」

「啊——麻煩死了！就是這樣我才討厭狼人！」

伯特對攙扶自己的犬人露露妮大吼大叫。

他們一邊互罵，一邊打算走向出口。

「維里迪斯!?」

至於菲兒葳絲，則是想將引發精神疲憊(mind down)而倒在地上的蕾菲亞抱起來。

然而——她伸出的手顫抖著，停住了。

就像不敢用髒手去碰似的，她動彈不得，這時……

蕾菲亞主動握住了她的手。

「……！」

「不……要緊的……」

看到少女以朦朧的雙眼虛弱微笑，菲兒葳絲睜大了雙眼。

她苦惱地握緊胸前衣物後，下定決心，抱起了蕾菲亞的身體。

菲兒葳絲讓少女的瘦小身子靠著自己，離開現場。

「……」

看到冒險者們互相扶持著往出口前進，艾絲也決心撤退。

她覺得自己也應該幫助那些傷患，比起眼前的女子，決定以同伴為優先。

「『艾莉亞』，到第59層去。」

就在艾絲轉身要離去時。

對方拋來的一句話，讓艾絲看向她。

「現在正好發生了有趣的狀況，妳能知道妳想知道的事。」

「……什麼意思？」

「妳應該也感覺到一點了吧？就算妳說的是真的，體內的血液也應該會告訴妳。」

「……」

「妳如果能自己過去，我也省事。」

芮薇絲言外之意，是說要把現在的艾絲強行帶過去，不是一件容易的事。

她看著艾絲，瞇細了眼。

「地上那些人企圖利用我們……那我們也大可利用他們。」

最後說了幾句像是自言自語的話，芮薇絲就不再開口，只是佇立原處。

「喂，【劍姬】！」

「艾絲，快點！」

被露露妮與伯特出聲呼喚，艾絲別開了與綠色眼瞳對望的視線。

他們聚集在還沒被崩塌岩盤堵塞的出口，艾絲跑向他們身邊。

即將離開大空洞之際，艾絲再一次轉頭看向背後。

紅髮女子站在空間最深處，一動也不動。艾絲始終與她四目交接，直到她的身影消失在墜落的岩石後面。

不久，大家扶著傷患，逃出了崩塌的迷宮。

就在這一天，第24層的糧食庫坍塌了。

冒險者一行人總算是九死一生，逃出生天。

◆

在無人知曉的狀況下撐過激戰的蕾菲亞等人，途經「里維拉鎮」，當天之內就回到了地表。

返回總部後，艾絲因為害洛基擔心而被念了一頓，並且必須接受懲罰遊戲，不過【洛基眷族】的成員全都四肢健全，基本上沒什麼問題。伯特骨頭碎裂的腳在【迪安凱特眷族】的診療院接受治療，完全恢復了原狀；引發精神疲憊的蕾菲亞睡了差不多一天，也好了很多。

菲兒葳絲離去之際沒多說什麼，只是笑了笑，就回【狄俄尼索斯眷族】去了。蕾菲亞明確感覺到自己與她之間的距離縮短了，真心希望能再與她見面，聊好多好多的話題。據洛基所說，她的主神狄俄尼索斯似乎對這次事件感到相當自責，正在煩惱不已。

至於【荷米斯眷族】，則是出了幾名死者。蕾菲亞不知道該說些什麼才好，不過亞絲菲與露露妮對她微笑著說，只要蕾菲亞願意，希望她能去為死者的墳墓獻花。她們說大家都是自願從事冒險者這一行，早有心理準備面對自己與他人的死亡了。雖然接下這次冒險者委託的露露妮，側臉看起來似乎有些哀痛……但蕾菲亞不能介入太深，不是很清楚。

每個【眷族】懷抱著事件留下的不少爪痕，都各自回到了日常生活當中。

「雖然發生了很多事……」

從那場事件以來過了兩天。

蕾菲亞終於完全恢復了健康，在自己房間的床上閒閒沒事地發呆。這間與女性團員同仁共用的房間還滿寬敞的，這時可能是因為自己一個人，總覺得有點寂寞。

「『艾莉亞』啊……」

寶珠胎兒、黑暗派系殘黨，還有怪人。

雖然衝擊性事項接踵而來，讓蕾菲亞不知道該從哪件事思考起才好，不過她現在最在意的，就是這個名字。

在那個大空洞裡，奧力瓦司是用這個名字叫艾絲的。

里維拉鎮襲擊事件時也是一樣，那個紅髮女子……芮薇絲也是叫她「艾莉亞」。同時芮薇絲等人講話的語氣，就像一直在尋找艾絲——尋找「艾莉亞」。

蕾菲亞很想知道憧憬的少女與他們有什麼關連，鼓起勇氣問了本人，但沒得到解答。在那大空洞裡發生了什麼事，艾絲與芮薇絲之間講了些什麼，而「艾莉亞」又是什麼，這一切艾絲統統不肯說明。

艾絲自己似乎也還沒能掌握狀況，「對不起喔……」只是過意不去地向蕾菲亞道歉。

「嗯～……挖人隱私是不好的行為，可是……嗯嗯～」

她仰著躺了下去，發出輕輕的「碰」一聲。

蕾菲亞任由濃金色髮絲呈現扇形灑落在床上，「好在意喔……」仰望著天花板喃喃自語。

「蕾菲亞，妳還好嗎——？」

「……蒂奧娜小姐？」

聽見有人隔著門扉呼喚自己，蕾菲亞站起來。

打開房門一看，蒂奧娜果然就在那裡，蒂奧涅也在她身旁。

「妳沒事吧——!?聽說你們遇到了很嚴重的事情，對吧!?已經可以下床走動了嗎——!?」

「是、是的，身體已經好很多了……」

被蒂奧娜一直逼近，蕾菲亞後退了幾步。

等到做姊姊的在她後腦杓啪地拍了一下，她才好不容易安靜下來，蕾菲亞見狀不禁苦笑，看來蒂奧娜她們是擔心自己，特地來探病的。

昨天因為精神疲憊造成嚴重倦怠感，蕾菲亞幾乎一整天都窩在房間裡。

「我有聽艾絲還有伯特說了一點——但還是有點聽不太懂。」

「那只是因為妳是個呆瓜啦，笨蛋蒂奧娜。」

「啊哈哈……對了，蒂奧娜小姐妳們是去了下水道對吧？那邊怎麼樣了呢？」

請兩人進到房裡之後，蕾菲亞不經意地想起來，問了一下。

蕾菲亞等人前往第24層時，蒂奧娜她們應該是跟芬恩一起去調查都市地下水道了。

「有找到幾隻那種食人花怪獸，但沒什麼收穫。我們這邊算是白跑一趟了。」

蒂奧涅說著，聳聳肩。

蕾菲亞親眼看到那些人想從糧食庫把怪獸運往某些地方，心想：地下水道裡的食人花，是否也是黑暗派系做出的好事呢……

思索了一會，剛才所想的事情突然浮現腦海。

「那個，蒂奧娜小姐、蒂奧涅小姐……妳們有聽過『艾莉亞』這個名字嗎？」

雖然這樣做好像在偷偷探聽艾絲的事，讓蕾菲亞有點內疚，但她無法繼續裝做一無所知。蒂奧娜與蒂奧涅跟艾絲認識的時間比自己久，說不定知道些什麼，蕾菲亞姑且一問。

「『艾莉亞』？我沒聽過耶……」

蒂奧涅偏著頭說沒印象。

「『艾莉亞』？我知道啊！」

蒂奧娜回得很乾脆。

「咦!?真、真的嗎!?」

「嗯，真的啊——」

說來失禮，蕾菲亞其實並不期待蒂奧娜她們會知道什麼，一聽到她的回答，嚇了好大一跳。蕾菲亞挺出上半身說「可、可以請您告訴我嗎!?」，「嗯，可以啊——！」蒂奧娜還是一樣回答得輕鬆。

接著不知道為什麼，蒂奧娜開始往外走。

「蒂、蒂奧娜小姐？您要去哪兒？」

「嗯——書庫！」

「嗄？為什麼要去書庫啊？」

蕾菲亞與蒂奧涅都感到訝異時，蒂奧娜說「比起我來解釋，用看的比較快！」，然後就腳步輕盈地走在總部走廊上。

不久，三人踏進了團員都能自由閱覽的【眷族】資料室。

這間飄著木頭香氣的房間，整面牆壁以及中央都放了幾個書櫃。書櫃裡收藏了地下城相關書籍、依魔導士等職業分類的參考書，其他還有洛基一時興起四處收集的古書等等，是【眷族】共有的財產。有時候還會塞進一些使用過的魔導書（grimoire）。

「我小時候常常看，所以還記得……呃——」

蒂奧娜回溯著記憶，在特定的幾個書櫃之間到處看看。

跟她一起來的蕾菲亞與蒂奧涅在她背後看她找書，只見她在書櫃之間轉來轉去，從這裡走到那裡。

「我記得就是在這裡看到的……啊，找到了！」

蒂奧娜開心地叫起來，踮著腳從書櫃高處抽出一本書。

那本書相當厚重，裝訂讓人感覺年代久遠。

蒂奧娜隨便翻了幾頁，好像找到了要找的東西，說「來！」，把書交給蕾菲亞。蕾菲亞慌慌張張地接過攤開的古書。

蒂奧娜與蒂奧涅從她左右肩膀探出頭來一起看，蕾菲亞的視線落在書頁上。

「這是……英雄譚嗎？」

翻開的書頁上，有一名長髮女性，依偎在一位英雄身旁。

黑白插畫，將她描繪成身穿天仙羽衣的模樣。

寫在上頭的名字是……
「……仙精，『艾莉亞』。」
英雄與仙精，跟精靈王族、矮人、獸人、小人族、亞馬遜人……等多位同伴，一起對抗阻擋面前的怪獸。
「這個名字有出現在很多故事裡喔，只是每個故事內容都有些差異。」
「我想起來了，妳這傢伙從小就很愛看童話故事呢……」
「嘿嘿——」
蒂奧娜與蒂奧涅正在交談時，蕾菲亞凝視著書中的女性。
……是不是跟艾絲有點像？
不，光看這種插畫不準。
更何況這本英雄譚是以「古代」傳奇為題材……講的是將近千年前的故事。
（「仙精」……）
最受神寵愛的孩子。
神的分身。
雖然並非永遠不死，但壽命長達幾世紀。
與精靈同樣是魔法種族，能行使比精靈更強的「魔法」與「奇蹟」——
（——艾絲小姐的……「風」？）

dungeon
oratoria

蕾菲亞的思緒迷了路，想到這裡一笑置之，心想：怎麼可能呢？

如果是「仙精」的話，他們跟諸神一樣，只要面對面，誰都能清楚察覺他們的種族。艾絲雖然有點天然呆……或者該說不可思議的地方，但她的存在感還不到神聖的地步。

況且神的分身「仙精」應該與諸神一樣，是不能孕育後代的。蕾菲亞將浮現腦中的幾個愚笨妄想統統推到一邊。

的確，艾絲擁有不輸天神的美貌——但那是她的潛在能力！對艾絲滿懷憧憬的蕾菲亞，在心中高聲主張。

她苦笑著想：原來只是弄錯了啊。

蕾菲亞慢慢闔起書本。

書本封面上寫著書名《迷宮神聖譚(Dungeon Oratoria)》。

終章 抓住白兔

Гэта казка іншага сям'і.

Апынуўшыся белых трусоў

自從第24層那場事件結束，三天後的早晨。

艾絲走在西北大街上。

磚瓦建造的護身配件店（accessory shop）、以堅固加工石建成，有如小型要塞的道具店、蓋在視野遠處，由著名派系經營，塗著鮮紅油漆的武器防具店等等，專做冒險者生意的豪華店家林立在大道旁。在整齊鋪設的石板路上，有許多同業人士來來往往。

身體隨著人類與亞人形成的人潮搖擺，艾絲回想起直到今天的記憶。

紅髮女子，芮薇絲。

人與怪獸的「混種生物」、「怪人」、「強化種」……戰鬥結束後確認到的這些情報，至今仍然讓她大受震驚。芮薇絲是人族——甚至恐怕連諸神都——尚未確認過的特大級異常存在。而且如今他們已經得知芮薇絲等人的目的是「毀滅歐拉麗」，艾絲不禁產生幻覺，彷彿看見乍看一派和平的這座都市，即將被無邊無際的巨大黑暗所覆蓋。

艾絲必須採取行動，去探究發生了什麼事，接下來又將會發生什麼事。

芮薇絲的存在，以及芮薇絲等人說過的話，讓艾絲如此下定決心。

（那個穿著黑袍的人，或許也在追蹤真相……）

將冒險者委託交給自己的黑衣人，前兩天似乎去找過露露妮。

據說黑衣人聽露露妮報告了詳細情形，整個人先是陷入抑鬱的沉默，最後將兩把鑰匙交給她，然後再次消失不見。

黑衣人告訴她這兩把鑰匙就是「報酬」，露露妮一頭霧水地親自將其中一把鑰匙拿來轉交給艾絲。「我想這應該是地精的出租金庫的鑰匙。」艾絲照她說的做，兩人一同前往東區的保管箱（safe point），發現鑰匙的確能打開其中兩個小小金庫。

艾絲與露露妮一起打開687號與688號的相鄰兩個金庫……只見裡面塞滿了閃爍紅藍綠紫光輝的大量貴重寶石、金銀戒指、經過裝飾的獨角獸角，還有幾本魔導書。晶瑩璀璨的小小寶物庫，讓艾絲與露露妮都看得傻眼。

推算了一下能換多少錢，兩個人都被金額的天文數字嚇了一大跳，艾絲將這筆報酬全數挪給準備「遠征」而使資金快要見底的【眷族】。因為艾絲將樓層主（烏代俄斯）除了那把黑色大劍之外的「掉落道具」全部脫手，已經勉強付清了代用劍（細劍）的債款，擁有這麼一大筆錢反而會讓她怕怕的。

這筆金額以冒險者委託的報酬來說實在太高，那個黑衣人竟能準備這麼多的珍貴道具，他究竟是什麼人？

艾絲雖然滿腹疑問，不過至少目前看來，那人似乎不會與自己為敵。

（「遠征」，也決定了……）

事件的事後處理幾乎都結束了之後，團長芬恩把艾絲叫了過去。

她與伯特還有蕾菲亞，將第24層的事情經過一五一十告訴芬恩後，一個人留下來，把自己與芮薇絲之間的事從頭說了一遍。

並且也告訴他，自己想去第59層。

芬恩沉思默想了一會後，「知道了，我准。」答應了艾絲的申請。【洛基眷族】就這樣正式決定進行「遠征」。

八天後，他們將集結派系的所有戰力，踏上攻略深層的「遠征」之路。

想像著自己一個人到達不了的樓層區域，艾絲靜靜地等待那一刻到來。

「……天氣，真好。」

思考告一段落的艾絲，朝著晴朗的藍天喃喃自語。

不過她不再像之前那樣，脫口說出耀眼陽光讓她難受之類的話來。走在大街上的腳步也顯得強而有力，不久就抵達了她的目的地——公會本部。

她在前院停下腳步，瞄了一眼臂彎裡的東西。她雙手小心抱著的，是用白布包好的防具——盾牌護具。

這是她在第10層撿到的，是白兔——也就是少年貝爾・克朗尼的遺失物。艾絲為了把這個還給他，才會來到公會本部拜訪他的顧問。

周圍的冒險者不時偷瞄她，不過她並不在意，只是在胸中鼓足了幹勁。

把這個拿給他，這次一定要好好道歉。身為第一級冒險者的少女，心中燃燒著一股熱忱。

內心深處的幼小艾絲也在為自己加油，「好！」艾絲踏入了公會本部內。

「……華倫斯坦小姐？」

「早安。」

她很快就找到了要找的人。

艾絲找到了在窗口等著為冒險者效力的半精靈服務小姐——埃伊娜・祖爾，上前攀談。

她將至今發生的事情還有護具的事，都一一告訴一臉不解的埃伊娜；埃伊娜聽完後，「我明白了。」露出了笑容。

「我會代您將護具交給貝爾……貝爾・克朗尼，並且轉達您說過的話。」

看到埃伊娜微笑著，艾絲有點緊張，但還是說出了自己的想法。

「那個……」

「？」

「……我想親自，還給他。」

艾絲雖然覺得這樣要求很自私，但還是說了出口。

少年也是位冒險者，這件防具(護具)能越早回到他手上當然越好。但即使如此，即使艾絲知道這樣很任性，卻還是想親手把這件護具交還給他。

而且她要當場向少年道歉，包括給他惹來的麻煩，以及傷害到他的事情。

這次……不能再讓他跑掉了。

艾絲注視著眼前的綠寶石色雙瞳，結結巴巴、戰戰兢兢地如此懇求後，埃伊娜神情嚴肅地點點頭。

「我明白了。那麼，我也提供協助吧。」

「？」

「我會安排一個機會不讓他逃走，不對，是讓他跑不掉。我要讓他好好跟您面對面談談。」

她用有如監護人……不，是很會照顧人的姊姊般的語氣，向艾絲提議。

同時又對少年生起氣來，加重語氣地說：「實在太沒禮貌了！」

艾絲忍不住輕聲笑了一下，開始與她這位顧問調整起預定計畫。感覺有那麼一點像用胡蘿蔔把白兔引誘出來。

兩人在窗口開始談話。許多冒險者為了探索地下城而從門廳內出發，美麗的半精靈與金髮金眼的少女吸引了眾人目光。

兩人決定於艾絲「遠征」之前，在埃伊娜陪伴之下，把貝爾關進面談室裡，再讓艾絲來個出其不意。然後就在她們誠摯而積極地推敲整個計畫時……

突然間——與艾絲面對面的埃伊娜，看到艾絲的後面，眼睛一下子睜得好大。

艾絲略為偏過頭，也順著她的反應回頭一看。

（——咦。）

她看見了有如處女雪的白髮，以及深紅(rubellite)的眼瞳。

今天他似乎休工，纖細的身體脫掉了防具，穿著樸素的服裝。

他看起來就像是個普通少年，面對回過頭來的艾絲，表示出近乎戰慄的驚愕。

……就是，那孩子。

艾絲等人甚至忘了要互相講些什麼，三個人各自以不同姿勢停止了動作。

「……」

「……」

「……」

料想不到的異常狀況讓顧問小姐來不及反應……

僵在原地的艾絲，與那雙深紅眼瞳四目交接時。

少年用僵硬的動作，轉身背對兩人。

「咦……」

艾絲才一輕呼出聲，白兔幾乎是在同一時間，再度拔腿就跑。

「貝、貝爾！等一下！」

也不管顧問在叫自己，少年全速奔跑。

就在艾絲大受打擊時，埃伊娜對她喊道：

「請您快追上去，華倫斯坦小姐!?」

聽到埃伊娜叫自己不能放他跑了，艾絲猛然回過神來。

說的對，她握緊了手中的布包。

艾絲的金色眼瞳，捕捉到衝出建築物大門口的白兔。

——別、別想逃！

艾絲疾馳而出。

而且是玩真的。

她一轉眼就通過本部門廳，高速穿過大門口，立刻就追上了逃跑的白兔。

伴隨著神速（全力）的一陣風，就這樣追過白兔的背影。

「——咿！」

擋在正面的艾絲，面對踩不了煞車，直接衝向自己的少年。

「嘿」一聲，輕輕鬆鬆就接住了他。

✦

然後，兩人現在正在面對面。

艾絲眼前的少年似乎陷入了嚴重混亂。

即使埃伊娜追上艾絲他們，把事情解釋給少年聽，他似乎還是無法鎮靜下來，等埃伊娜說「你們倆好好談談吧」留下他離開後，少年如今的表情，就像被飼主遺棄的小動物一樣。

純白的頭髮彷彿顯現了他的心情，忙碌地搖晃。

「……那個，這個。」

「！」

艾絲下定決心出聲叫了少年，把護具遞給他。

少年一回頭，不假思索地接下護具，然後變得像石頭一樣全身僵直。

艾絲目不轉睛地注視著少年變得滿臉通紅，再度慌張起來的表情，心裡懷著緊張等各種情感——終於下定決心開口道歉。

「對不起。」

「咦……？」

「都是因為我沒打倒那頭彌諾陶洛斯，才會給你造成困擾，害你受到那麼多傷害……我一直很想向你道歉。對不起。」

她因為歉疚，視線不禁低垂下去；這時，她感覺少年似乎倒抽了一口氣。

艾絲抬起頭來，只見少年好像忘了剛才的動搖，一連串地說道：

「不、不是那樣的！是我不該隨便鑽進下層，華倫斯坦小姐完全沒有做錯任何事！反而我應該感謝您，您是我的救命恩人！其實我才該道歉，都沒跟您好好道謝，每次都只顧著逃跑……對、對不起！」

看到少年像堤防潰決一樣說個不停，還反過來向自己道歉，艾絲嚇了一跳。

少年臉變得更紅，「那個，呃，所以……」拚命尋找字眼的模樣，又讓艾絲產生出一種不可思議的心情，不知道該如何形容。

（原來他講話，是這樣啊……）

艾絲很少有機會聽到少年的聲音，想不到還滿大聲的。
急著講話的模樣比艾絲想像的還率真，像小兔子一樣，很有趣。
感覺就像童話裡的登場人物蹦出書中世界，出現在眼前。他的模樣與聲音都有了色彩，露出艾絲所不知道的好多表情。
就在艾絲不禁忘了自己現在身在哪裡，徜徉於溫暖胸口的清澈情感裡時。
少年講了一會之後，猛烈地低下頭。
「您救了我好幾次……真的，很謝謝您！」
他的道謝傳進了艾絲耳裡。
少年彎腰行禮了半晌後，戰戰兢兢地恢復成原本的姿勢。
艾絲彷彿聽見了許許多多的誤會冰釋的聲音。至少少年根本不怕艾絲，而且心裡也有話想傳達給艾絲知道。
……為什麼，我會這麼高興呢？
艾絲先是稍微瞠目，然後慢慢地笑逐顏開。
誤會冰釋的開朗心情與喜悅各半，形成了小小的微笑。
不過看到艾絲情不自禁彎唇露出的微笑，少年不知道是怎麼了，又變得滿臉通紅。
「……」
「……」

該做的事做完了，想講的話也講完了，對話就此中斷。

艾絲佇立在能與少年互相碰到手的距離，藍天俯視著兩人，只有寧靜的時間不停流逝。

少年只是呆站原地，有時好像想起什麼似地扭動一下，一與艾絲四目交接，又急忙別開視線。

艾絲很想再跟他講講話，聽聽他的聲音，但她知道自己話並不多。很遺憾，若是沒有共通的話題，艾絲跟對方根本講不上幾句話，她沒辦法像蒂奧娜他們那樣天南地北地聊天。

這時，無意間，艾絲想起了一件事。

「……你地下城，探索得很認真呢？」

「是、是的!?」

聽到艾絲叫自己，少年反應好大。

艾絲在這時候，問了令她一直很在意的一件事。

「聽說你已經到達第10層了……好厲害喔。」

之前接到委託，在地下城裡到處找他時，艾絲產生了一種突兀感。

而且，也開始感興趣。

眼前這個少年從一個初出茅廬的冒險者，急速成長到能夠對付第10層的怪獸，引起了艾絲的注意。

「呃，不，那是因為有很多人幫我，我、我還差得遠呢！離、離目標還有一大段距離……！」

艾絲注視著好像想掩飾害臊情緒，驚慌失措地自謙的少年。

同時，她不禁有了個想法。

如果有一項祕訣，能像少年這樣快速成長的話。

（我就能，比現在更……）

閃過腦海的，是與紅髮女子——芮薇絲的一戰。

還有幾天後即將到來的，往未到達領域第59層的進攻。

許多顛峰就在前方等著自己挑戰。這不是預測，是確信。

艾絲恐怕將置身於更激烈的戰事，而且會波及到【眷族】的同伴。她需要比至今更強的力量。

最重要的是，她絕不願後悔。

不能失去任何事物。

她要往更高的境界攀升。

即使已經到達了Lv.6，經過第24層的那場事件，仍讓艾絲篤定了這種想法。

「像戰鬥方式，我都是自學的，完全是個外行人，還常常做出一些奇怪舉動，差點被怪獸殺掉，我知道自己必須變得更強，可是總之就是完全不行，一點都不像樣，我是說——……!?」

為此，艾絲想知道。

知道他成長的祕訣。

知道登上高峰的可能性。

知道少年是靠什麼力量，在這短期間內飛躍成長。

面對漲紅了臉、連珠炮地講個不停的少年，艾絲陷入沉思。

她煩惱了老半天，把各種事物放上天秤，又重新審視自己的內心深處。

最後，艾絲戰戰兢兢地。

向少年做出了一項提議。

「那麼……要不要我來教你？」

「……咦？」

——戰鬥方式。

就這樣，

艾絲成為了少年的老師。

TIONA HIRYUTE

Гэта казка іншага сям'і.

蒂奧娜·席呂特

隸屬	洛基眷族		
種族	亞馬遜人	職業	冒險者
到達樓層	第58層	武器	大雙刃
所持金錢	-89000000法利		

Status　Lv.5

力量	A889	耐久	A867
靈巧	B778	敏捷	A801
魔力	I0	拳打	G
潛水	G	異常抗性	H
粉碎	I		

魔法	無	
技能	狂化招亂（Berserk）	‧每次受到傷害，攻擊力就會上升。
技能	大熱鬥（Intense Heat）	‧瀕死時所有能力參數獲得高加成。
裝備	烏爾加	

‧大雙刃。第一等級武器。

‧【古伯紐眷族】製作。120000000法利。

‧武器素材用的是自「深層」挖掘到的最高品質堅鋼。威力、耐久力與重量在許多武器當中可稱為最高級（top class）。

‧蒂奧娜自己下單訂製的專用裝備（客製品）。目前這是第二把。

後記

這本外傳第三集，是與兩個月連續發行的本傳第六集同時寫的。

本篇方面完全沒有一點地下城的情節，相較之下，這邊則像是要代替本篇一樣，幾乎都在地下城地下城演個沒完。作者每天都很怕聽到各方吐槽：到底哪邊才是本篇啊？

在奇幻世界當中，我對精靈這個種族的愛不亞於矮人。這些長耳朵的俊男美女，光是登場就夠讓人興奮雀躍了。實際上在本作裡，亞人的五個種族當中，精靈應該是發掘出最多設定的種族（到目前本傳第六集、外傳第三集為止）。精靈族本身就是一個相當突出的角色設定，所以在設定登場人物時，只要一猶豫，常常會輕易就選擇精靈族。

作品中登場的精靈族，是以作者的偏見或是個人願望架構成形的。

他們的自尊心與同族（同伴）意識特別高，有潔癖，只讓認同的對象觸碰自己的肌膚，長生不老，具有優秀的魔法潛在能力……等等，在各種作品中經常看到的固有特色都混雜進來，成了本書精靈的一部分。我認為，正因為他們要求自己的心靈與外貌都得比別人更美麗，一旦停下腳步或是心靈受傷時，也就比別人更苦惱。在這個由高不可攀的本傳女主角獨挑大樑的外傳當中，她的晚輩是個精靈女孩，或許也可說是必然。

在這第三集當中，又出現了新的刺客（精靈）。

在對因為她的登場而少掉許多戲份的亞馬遜姊妹感到抱歉之餘，也希望這個新角色今後能繼續為作品增色。

那麼請容我進入謝詞的部分。

本集同時推出了限定版，在這方面，編輯部的小瀧大人與高橋大人不用說，還獲得其他許多人士大力幫忙。為普通版與限定版繪製了兩種精美封面的はいむらきよたか老師，我一看到魄力十足的限定版封面草圖時，還一本正經地跟責編大人商量該用哪一份當普通版封面呢。在《月刊GANGAN JOKER（SQUARE ENIX發行）》執筆創作外傳漫畫版的矢樹貴大人，感謝您特別創作的出差版漫畫，真的非常好看。還有賞光買下本書的各位讀者先生女士，我要向大家致上最真誠的謝意。

今後也請各位多多指教，下次再見。

大森藤ノ

在地下城尋求邂逅是否搞錯了什麼6

CW NOVELS CHING WIN 青文文庫

作者：大森藤ノ
Fujino Omori
插畫：ヤスダスズヒト
Suzuhito Yasuda

「赫斯緹雅，我要向妳提出『戰爭遊戲』的邀請！」「阿、阿波羅，你說什麼！」

「戰爭遊戲」──由對立天神派系展開的總會戰，即天神的代理戰爭。贏家有權奪走輸家的一切。敵對天神究竟有何目的──

「我要妳的眷族成員，貝爾．克朗尼！」

戰爭只剩下一個禮拜的期限。沒想到還雪上加霜，竟然莉莉也被【蘇摩眷族】抓走了！

狀況可說是無比絕望。即便如此，在這關鍵時刻，少年與「邂逅」、歷經無數「冒險」所建立起來的羈絆團結在一起。一切都是為了贏得勝利！

「很好，阿波羅！我們接受你的挑戰，這場戰爭遊戲我們打了！」

這是由少年踏出軌跡、女神所紀錄下來的

──【眷族神話】──

青文出版集團網頁：http://www.ching-win.com.tw

日本SB Creative Corp.正式授權繁體中文版

異世界拉皇探求者1 精靈公主光溜溜

青文文庫

作者：西表洋　　插畫：モレ

「呀!?兄長大人，這，這個是？」梅抖得像個聽到死刑宣告的犯人，碗公當前的她露出彷彿快哭出來的眼神看著叉。「沒問題的，妳就快點吃吧！麵條會泡漲的。」「真的沒問題嗎……」在現世開了26間拉麵店，並且在半年之內經營到全數倒閉的主角．叉。記憶原封不動殘留下來的他，居然投胎轉世到了一個奇幻世界!?在這個沒有競爭者的世界裡，他打算用聽說是最美味的龍肉製作叉燒，在拉麵道上登峰造極。叉能實現他的野心嗎!?獲得第6回ＧＡ文庫大賞獎勵賞，異世界拉麵加量再加量的愛情喜劇！比起拉麵，更推薦女主角喔！

青文出版集團網頁：http://www.ching-win.com.tw

最弱無敗神裝機龍《巴哈姆特》5

青文文庫

作者：明月千里　插畫：春日步

「您好，我的御主。不論是暗殺，雜務——或是恣意享受我的身體，都悉聽尊便。」

出現在路克斯面前的少女，切姬夜架。曾經號稱「帝國凶刃」的她，出於仰慕而意圖一邊照顧路克斯，同時密謀毀滅新王國與復興帝國，在學園內掀起波瀾。

此外，終於在王都開打的校外對抗戰——全龍戰當中出現全新的強敵。另一方面，為了阻止叛軍的『收復帝都計畫』，執政院賦予路克斯一項重大任務。

潛藏的過去因緣，以及圖謀新王國的計策現身之時，王都面臨前所未有的危機，就此開戰！

王道與霸道交錯，「最強」學園幻想戰記第5彈！

青文出版集團網頁：http://www.ching-win.com.tw

在地下城尋求邂逅是否搞錯了什麼 外傳 劍姬神聖譚3

原書名：ダンジョンに出会いを求めるのは間違っているだろうか外伝 ソード・オラトリア3

作者：大森藤ノ
插畫：はいむらきよたか　角色原案：ヤスダスズヒト　翻譯：可倫

2016年02月25日　初版一刷發行

發行人：黃詠雪
副總編輯：洪宗賢
責任編輯：黃小如　責任美編：胡星雯

國際版權：劉滸月

出版者：青文出版社股份有限公司
住　址：10442台北市長安東路一段36號3樓
電　話：（02）2541-4234
傳　真：（02）2541-4080
網　址：www.ching-win.com.tw

法律顧問：敦維法律事務所　郭睦萱律師

製版所：嘉陽印刷事業有限公司
印刷所：立言彩色印刷有限公司

親愛的讀者：

感謝您購買青文出版社的輕小說！為了提供更優質的服務，我們期待收到您的意見。煩請詳填本資料卡，傳真至02-2541-4080或彌封並貼妥郵票後擲入郵筒寄出，您將有機會獲 得青文『最新出版的輕小說』以及新書出版資訊喔！

姓名：________________ 性別：□ 男 □ 女

年齡：□ 18歲以下 □ 19～25歲 □ 26～35歲 □ 36歲以上

電話：________________ 手機：________________

地址：________________________________

E-mail：________________________________

職業：□ 學生 □ 公務員 □ 教育 □ 傳播 □ 出版 □ 服務 □ 軍警 □ 金融 □ 貿易
□ 設計 □ 科技 □ 自由 □ 其他 ________________

喜愛的書籍類型：（可複選）

□ 奇幻冒險 □ 犯罪推理 □ 電玩小說 □ 純愛系列 □ 動漫畫改編 □ 電影原著改編

□ 歷史 □ 科幻 □ BL □ GL □ 其他：________________

購買書名：________________________________

購自：□ 書店，在________縣/市 □ 漫畫店，在________縣/市
□ 青文網路書店 □ 網路 □ 劃撥 □ 其他：________________

從何處得知此輕小說？

□ 青文網路書店 □ 青文輕小說blog □ 網路 □ 店頭海報 □ 在書店看到 □ 書展/漫博會

□ 報章雜誌（報紙/雜誌名稱：________________________）

□ 朋友推薦 □ 其他：________________________

為何購買此書？（可複選）

□ 喜愛作者 □ 喜愛插畫家 □ 喜愛此系列書籍 □ 買過日文版 □ 看過內容簡介而產生興趣

□ 贈品活動 □ 朋友推薦 □ 其他：________________________

對本書的意見：

封面設計：□ 優良 □ 普通 □ 不好　翻譯品質：□ 優良 □ 普通 □ 不好

小說內容：□ 優良 □ 普通 □ 不好　整體質感：□ 優良 □ 普通 □ 不好

內容編排：□ 優良 □ 普通 □ 不好

讀者服務信箱：mk@ching-win.com.tw
青文網路書店：http://www.ching-win.com.tw

3.5元郵票

10442
台北市長安東路一段36號3樓

青文出版社
CHING WIN PUBLISHING CO.,LTD

輕小說編輯部 收

意見或感想：

若有任何問題請至青文網路書店發問

青文網路書店：http://www.ching-win.com.tw

★請用膠帶黏貼後投入郵筒內（請勿用釘書機、膠水或將回函完全封死、黏死）